持續狩獵史萊姆三百年，不知不覺就練到 LV MAX 13

Morita Kisetsu
森田季節
illust. 紅緒

亞梓莎．埃札瓦（相澤梓）

本作的女主角，以「高原魔女」的稱號廣為人知。是個轉生成長生不老的魔女，外貌永遠維持十七歲的女孩子（？）。雖說在不知不覺間成為世界最強，導致她遭遇許多麻煩事，卻也因此擁有多位家人，從此過上幸福的生活。

恆心就是力量，成功的唯一途徑就是持之以恆！

日安，姊姊大人，就讓我們以拳頭來溝通吧！

萊卡

拜亞梓莎為師的女紅龍。是個一心想成為世界最強，每天總是按部就班努力向上的好女孩，很適合穿哥德蘿莉裝跟女僕裝等蕾絲邊偏多的服裝（本人會感到很害臊）。也是本書收錄之外傳〈紅龍女子學院〉的女主角。

法露法＆夏露夏

由史萊姆的靈魂凝聚而成的妖精姊妹。身為長姊的法露法是個性情坦率且不做作的女孩子。身為妹妹的夏露夏則是心思細膩又善解人意的女孩子。她們都最喜歡自己的母親亞梓莎。

媽媽～媽媽～！最喜歡媽媽了！
……即使身體再重，也要讓心情保持輕鬆。

那麼，今天要吃什麼才好呢♪

哈爾卡拉

拜亞梓莎為師的女精靈。儘管活用自己對香菇的知識成立公司，是個不折不扣的社長大人，但在高原之家裡經常「搞砸事情」，是家中的小天兵。

別西卜

被稱為蒼蠅王的高等魔族，是魔族的農業大臣。將法露法和夏露夏視為自己的姪女般十分疼愛，經常往來於魔界與高原之家兩地。對亞梓莎來說是個可靠的「大姊姊」。

小女子名叫別西卜！是魔族國度的農業大臣!!

羅莎莉

住在高原之家的幽靈少女。對於不會害怕身為幽靈的自己，甚至願意伸出援手的亞梓莎敬愛有加。可以穿牆且無法觸摸人類，另外能附身在活人身上。

我會永遠追隨大姊的！

乾媽，這世界就該是純白無瑕！

席羅娜

繼法露法&夏露夏之後誕生的史萊姆妖精，警戒心強，不太願意敞開心房，只把亞梓莎當成乾媽。如今已是活躍於業界的一流冒險者，有著偏好白色的怪癖。

佩克菈（普羅瓦托·佩克菈·埃莉耶思）

魔族的國王，是個喜歡濫用自身職權和影響力捉弄亞梓莎與身邊部下，性情宛如小惡魔的女孩子。其實有著「想服從比自己更強之人」的受虐狂特質，對亞梓莎是深愛到無法自拔。

酷酷的魔女姊姊大人簡直是棒透了～

穆穆·穆穆

簡稱小穆，身為惡靈之國「死者王國」的國王，也是早已毀滅的古代文明之王。對於缺乏幽默感的子民們（惡靈）感到失望而足不出戶，在與亞梓莎和羅莎莉接觸之後終於重返社會（？）。有著喜歡順勢吐槽的關西人個性。

只要夠有趣就行，有趣的人才是世界最強。

希望能請亞梓莎小姐來幫忙呢～

梅嘉梅加神

讓亞梓莎轉生至這個世界的始作俑者。是個性情開朗溫和卻行事馬虎迷糊，足以象徵此世界民情的女神。十分寵愛女性，面對女性時往往會特別寬容。

仁丹女神

自古以來就受人景仰的女神，總愛擺出高高在上的態度，最令人傷腦筋的地方是一旦看人不爽就想立刻把對方變成青蛙，但在敗給人類（突破等級上限的亞梓莎）以後有稍微收斂點。

小娃娃！是想讓我也把妳變成青蛙嗎？

慶祝羅莎莉的兩百年忌

She continued destroy slime for 300 years

由於小穆又來找羅莎莉玩，因此我帶她們來到與南堤爾州有段距離的城鎮。送我們過來的萊卡之後便前往其他城鎮購物，預計晚點再和我們會合。

我之所以會跟著過來，自然是因為不放心讓羅莎莉跟小穆兩人單獨出遊。畢竟小穆之前把身體弄壞那次，可是鬧出不小的風波。

至於提議來這裡參觀的人是羅莎莉。

這城鎮乍看之下平凡無奇，羅莎莉也不曾來過這裡，儘管我在途中一直很納悶她為何會看上這個地方，不過我一來到現場就知道答案了。

「嗯～那還真辛苦耶，怪不得妳會執著於這片土地。」

「是啊，不管怎麼說，總比從家裡來到這邊好多了。」

羅莎莉和小穆正在跟其他人交談，而且聊得不亦樂乎。看兩人開心的樣子，我也為她們感到高興。

我坐在與她們相隔一段距離的長椅上默默關注著。

幸好附近設有供人休息的座位。我秉持的原則是不加入話題，但嚴格說來是無法加入。

此時，小穆突然扭頭望向我。該說她扭頭的角度有點不自然嗎？總之她是只將脖子一百八十度往後轉，導致模樣顯得怪噁心的……

「我說妳就別待在那邊發呆了，一起過來聊天如何？」

「謝謝妳的好意，但我心領了。」

「怎麼？看不出來妳這麼怕生耶～說起我國內的歐巴桑們可是都很熱情主動喔。」

少把我歸類成歐巴桑，我的外表看起來就只有十七歲。

而且我又不是怕生才婉拒邀請。

「因為——我只有看見妳跟羅莎莉兩人而已。」

「是嗎？它們都不介意與活人一起同樂喔，妳大可加入聊天呀。」

「問題是我介意呀，所以妳們儘管聊吧……」

沒錯，羅莎莉與小穆正位於墓園的中心處。

羅莎莉之所以想來這座城鎮，是因為此處有個占地遼闊的墓園。

雖然墓園裡未必會有幽靈存在（意即死者絕大多數都會升天成佛），但仍有少部分的死者對現世仍有所留戀，羅莎莉就是想來跟這類死者交流。

儘管幽靈之間的對話看在我這位生者眼裡是滿頭問號，不過根據我至今的觀察，它們基本上與活人毫無分別。

「嗯～老實說比起生於古代文明的我，反倒是妳（ZIBUN）跟它們有更多共通的話題，而且這裡的幽靈絕大多數都比妳年輕喔。」

小穆的「ＺＩＢＵＮ（原意：我）」其實是第二人稱的「妳」，因此這句話指的人是我。

而我可是活了三百年的魔女，比我年輕的幽靈自然是占大多數吧。

小穆的話語確實頗有道理，問題是我對此仍有所排斥。

「對了，你們剛才在聊什麼？是這附近的美食嗎？」

「是關於如何讓總愛給其他幽靈惹麻煩的幽靈強制升天的方法。」

「這種話題與我是八竿子打不著吧！」

完完全全就是幽靈才有辦法聊的主題嘛。

想想生者與死者幾乎算是不同種族，他們會像這樣暢談局限於同族之間的特殊話題也是在所難免。

若是這點程度的差異都無法接受，那就休想在高原之家裡生活。

不過我這個人還滿怕聽鬼故事的，對於是否要增加這麼多幽靈類型的朋友仍有所遲疑。

所以才決定坐在遠處的長椅上默默關注。

我個人認為，死者應該多多與其他死者打交道。

像是羅莎莉在這裡就顯得特別活潑，與她待在高原之家時的反應稍有不同。

我不覺得羅莎莉在高原之家時有勉強自己，若要形容就是當她在高原之家時有著類似於回到老家的自在感，而位於這片墓園時則是和同世代朋友玩在一起的反應。

畢竟對待家人與班上同學都是同一種態度反而才比較奇怪，所以這樣就好。

羅莎莉能在這裡像個幽靈那樣（？）好好享受即可。

如果集中精神的話，即使坐在供人休息的長椅上也能聽見羅莎莉和小穆的聲音。

「啊～這麼說也對，想想恰好就是今年呢。」

「幸好有同鄉幫忙提醒。羅莎莉妳也要記清楚這件事才行，畢竟這可是畢生僅止一次，要是忘了肯定會後悔莫及喔。」

羅莎莉似乎獲得什麼新情報，與幽靈交流果然還是非常重要。

不過畢生僅止一次是指什麼呢？

嚴格說來，他們的一生早就結束了吧……

若以升天（或是成佛）的角度來解釋，大概就是成為幽靈也只會歷經一次，要不然他們不會以這麼隨興的口吻聊到才對。

「但我好像也沒啥後代，因此這與我無關啦。」

「怎麼？羅莎莉，妳別在我面前說這種令人難過的話嘛。這件事就包在我身上，讓我們一起來開趴慶祝吧！」

小穆似乎打算當成活動盛大舉辦，到底是什麼事情呢？

一段時間後，小穆朝我走來。

因為等她走過來得花上不少時間，所以走到一半是由我負責把她扛過來……她靠自己用雙腳移動還是老樣子非常緩慢。明明她能透過魔法隨心所欲操控身體，但基本上她不太願意這麼做。

此時羅莎莉也來到長椅這邊。由於小穆真的走得太過緩慢，因此實在算不上是暫時離席。

「那麼，小穆，你們究竟是在聊什麼呢？」

「剛剛跟死於附近的幽靈正好聊到生年，結果得知了一件事，那就是今年為羅莎莉的紀念年喔。」

「紀念年？是誕生至今已達上百年嗎？」

瞧羅莎莉那副害羞的模樣，十之八九是被我猜中了。既然如此，可得好好慶祝一下才行。

「啊～真可惜，真是太可惜了！雖說幾乎算是答對了！卻還是差了那麼一點！」

「既然我猜錯了，答案到底是什麼？」
「答案為今年是羅莎莉的兩百年忌！」
「這答案還真符合死者的風格耶！」
不同於小穆，羅莎莉露出『不必這麼小題大作』的表情。大概是因為與自己有關，令她感到很害臊也說不定。
「這點事情沒啥好大驚小怪的，若以惡靈之姿存在於世上，最終都會迎來這麼一天。既然我又不是什麼英雄或聖人，兩百年忌終歸只是個過程罷了。」
「一般而言是可以這麼說，不過換作是普通人，根本沒辦法達到兩百年忌喔。」
確實替所有死者都慶祝兩百年忌的話，全國各地將一年到頭都在辦法事吧。
「說起羅莎莉妳的朋友可是多不勝數，單看高原之家與周圍附近就已經為數眾多，再加上妳已經是我的朋友，就算以王族的標準來大肆慶祝也行喔。」
這麼說也對。
光是有資格接受慶祝兩百年忌，就已經算得上是非常幸運了。
「因此——」
小穆扭頭看向我。

「我決定在沙沙・沙沙王國裡為羅莎莉慶祝兩百年忌！妳就來幫忙製作出席者名單。」

「這種事該由幽靈來舉辦嗎……？感覺這都是活人來為死者籌辦耶……」

話雖如此，也沒有任何不能慶祝的理由啦。

「好吧，我也會在能力範圍內提供協助。羅莎莉，妳也同意開辦這場兩百年忌吧？」

「唔、嗯……畢竟這是一輩子只會經歷一次，只要別過度鋪張就好……」

羅莎莉用手指頭摳了摳臉頰如此說著。

想想無論當事人是生是死，碰上類似的情況還是會感到不好意思吧。

像這樣拜託大家幫忙籌辦兩百年忌，就跟請人為自己舉辦生日派對一樣難以啟齒吧。

於是乎，羅莎莉一生一次的兩百年忌活動就此拍板定案。

◇

儘管我同意幫忙，不過我能做的事情相當有限。

首先是製作受邀賓客的名簿。

這件事在某些方面是光靠小穆一人沒辦法處理的。
另一項則是唯有我才能夠勝任的工作。
就是透過魔法幫羅莎莉換上新禮服。
「那我開始囉～這套如何呢？」
我替羅莎莉換上一套光鮮亮麗的禮服。
關於專為幽靈羅莎莉更衣的魔法，我已使用得駕輕就熟了。
其實這個魔法並非對任何幽靈都有效，外加上羅莎莉也很習慣更換衣服的意象訓練。
「這套禮服對我來說會不會太招搖了？總覺得有點過於花俏……」
「沒那回事，羅莎莉妳可是這場活動的主角，我反倒覺得這樣剛剛好。」
相較於羅莎莉以往穿的禮服，這套確實更為華麗。
莫名有點像是哪來的結婚禮服。
「我能體會羅莎莉妳那種害羞的心情，但建議妳別顧忌太多會比較好，若是時隔三年才突然抱怨說兩百年忌當時為何沒那麼做，一切都已經太遲囉。」
「嗯～……其實我是想加點東西。」
「加點東西？妳有什麼需要儘管說，現在還有時間進行修改或調整。」
畢竟要是羅莎莉自身對禮服不滿意的話，即使再華麗也沒有意義。

只見她轉身背對我。

「我想用刺繡在衣服背部寫上『**這場兩百年忌不光是給大家增添困擾，我自己也是活著受辱死後蒙羞到傷透腦筋，但最終還是一路堅持到現在，今後我仍會宛如脫韁野馬般奔馳於美驅登利威・露惡道上(victory road)，懇請大家多多死教(指教)！**』這段話——」

「這已經超出加點東西的程度了吧。」

妳當這是道上人士的成年儀式嗎？

「但我就是想對所有人表達感謝之意，大姊。我的兩百年忌就是多虧大家才得以實現。」

羅莎莉確切而言是個惡靈，感覺沒有大家的支持也同樣能迎接兩百年忌，不過看在當事人眼裡似乎並非如此。

「我能明白妳想表達的意思，但為了向所有參加者表達妳的謝意，妳還是親口說出來比較好。畢竟轉身展示背上文字還是滿奇怪的，而且又莫名失禮對吧？」

「那個……說得也是。」

看來羅莎莉也同意我的說法。

「所以刺繡要在正面而非背部，就請大姊在我衣服前面添加『**誠心感謝每一個人**』——」

「加在前面也不行！重點是我對這類服裝是毫無概念！」

我在前世不曾接觸過類似的衣物，朋友之中也沒有這種人，所以我根本搞不清楚。

在這之後我聽取萊卡跟哈爾卡拉的意見，打造出羅莎莉也能接受的豪華禮服。

我這次的態度比起以往更為強勢，硬是將禮服設計成既可愛又高雅的款式。

原因是我認為羅莎莉其實也想穿可愛類型的禮服。

之前在幫她製作禮服時，我就一直有這種感覺。

偏偏她對這種事羞於啟齒，再加上此次的主角就是她，更是令她說不出口。

換作是我站在一樣的立場上，恐怕也會感到不好意思。

因為必須把這部分的顧慮納入考量，所以製作起來還滿複雜的。

只要擺平禮服方面的問題，我就算是功成身退了。

這場活動是小穆負責規劃，也就輪不到我來檢查，之後只需帶著全家人一同前往沙沙・沙沙王國即可。

為了參加羅莎莉的第二百年忌活動，我們一家大小正朝著沙沙・沙沙王國前進。

「亞梓莎大人，請問我能直接飛入沙沙・沙沙王國嗎？」

化成龍形的萊卡於飛行途中拋出這個問題。

對吼，該處平常都有做好防止外人進入的應對措施。

「我想應該沒問題，畢竟小穆說過會暫時讓人能夠進出。至於起降場就在遺跡附近。」

「好的，那我到時會直接飛進去。」

一路上是平安順遂，我們不久後便來到沙沙・沙沙王國附近。

「咦？大姊，那座雕像之前就有了嗎？」

羅莎莉開口提問。經她這麼一提，前方確實有一座狀似巨大石像的物體。

說起那座巨型石像，令我不禁聯想到前世裡的牛久大佛。

畢竟小穆就喜歡氣派，應該是她做了什麼吧。

依照她的個性，搞不好是食倒太郎造型的雕像……

在接近之後，我們終於看清楚雕像的樣貌。

竟然是以羅莎莉為造型的石像！

這是一座高舉雙手的羅莎莉巨像。話說為何要擺出這種彷彿熊在發動襲擊時的姿勢？好歹也挑個有氣質點的動作嘛……

「喂！小穆那傢伙在搞啥啊!?我可沒聽說會造出這種東西喔！」

羅莎莉隨即面紅耳赤。

換作是我碰上這種事，肯定也會動怒的。

「各位，我差不多要降落了……大家請小心別摔下去囉。」

繼芙拉托緹之後，萊卡也降落於沙沙．沙沙王國境內。

小穆與大臣娜娜．娜娜已等在起降場裡。

「喔～終於來了！今天可是兩百年忌慶祝大會喔！」

「因為陛下想給諸位一個驚喜，於是造出了那座石像，而我就只是聽令行事。」

娜娜．娜娜小姐以聽似在規避責任的說詞和我們打招呼。

「小穆！快撤掉那座石像！要不然至少也弄小一點！雕像再大也該有個限度喔！」

「這種東西不夠巨大就毫無意義，而且任誰看了都會覺得十分壯觀不是嗎？最重要的就是震撼力。」

「我並不期望這樣的震撼力，更何況妳是想弄給誰看啊！」

兩人在價值觀上似乎有著難以抹除的差距。

「可是羅莎莉妳人生在世的時間還不足二十年吧？而且長期窩在家裡不是嗎？既然生平沒立下什麼豐功偉業，單靠言語來形容會很吃虧吧？因此我才決定以尺寸讓世人刮目相看。」

「我又沒有想讓人刮目相看！明明只需辦一場簡單的派對就好啦！」

「為什麼!?這可是兩百年忌喔!?既然是一生僅此一次的體驗，與其顧慮太多而留下遺憾，倒不如因為惡搞過頭而後悔莫及還比較好！」

「所以妳自己也知道這是在惡搞吧！」
這麼說也對……畢竟算得上是在給人添麻煩。
娜娜．娜娜小姐此時從旁插話。
「關於這座石像——」

羅莎莉巨像的雙眼突然發出紅光。

「——它的雙眼會發光。」
「那已經與我扯不上關係了吧！」
「此機能非常方便，在晚上六點、七點、八點、九點、十點和十一點整的時候，都會透過發亮來報時。」
「所以與我是扯不上半點關係吧！」
「反正設置在這種地方，也只有惡靈才看得到，並不會給妳造成多少困擾啦。」
在聽完這一連串的對話，我不禁冒出以下感想。
真慶幸自己沒被人造出這樣的雕像……
可是我莫名感到一陣惡寒。
「姊姊大人，姊姊大人～」

佩克菈來到我的身邊。

魔族也有受邀參加今天的活動。

記得魔族與沙沙・沙沙王國有建立邦交，而且佩克菈也是羅莎莉的朋友，因此出現在這裡也不足為奇。

問題是被佩克菈看見這種多餘的東西。

「乾脆也在范澤爾德城內為姊姊大人打造一尊相同的石像——」

「如果妳那麼做的話，我就跟妳絕交。」

別看小穆那樣，她是出於好意才這麼做，反觀佩克菈則肯定是基於滿滿的惡意。

「好，就由我帶妳們前往兩百年忌的主會場。往這邊、往這邊。」

儘管小穆嘴上這麼說，但最終還是被娜娜・娜娜小姐抱著走。我個人認為她大可用魔法來移動身體，可是當事人似乎礙於尊嚴不肯這麼做。

當大家接連跟上時，只見芙拉托緹的情緒略顯低落。

「芙拉托緹，妳怎麼了？難道飛來這裡令妳覺得有點累嗎？」

「主人，因為這裡是惡靈的國度，我想應該不會有什麼美食，所以心情才嗨不起來。」

這句話才剛說完沒過幾秒，芙拉托緹忽然動了動鼻子開始嗅聞周圍。

「啊！這氣味真香！意思是有準備料理囉！」

「沒錯，畢竟妳們和魔族們都會前來參加，因此活動取向是要讓生者也能玩得盡興。」

在來到會場附近後，前方有一座狀似活動入口的大門。

羅莎莉小姐的兩百年忌
紀念會場
～努力邁向下次的三百年忌～

雖說副標題充滿願景，但還是讓人覺得哪裡怪怪的……

大門另一端能看見適合生者利用的設施。

整齊排列著的攤販是由惡靈們負責經營。

加熱的鐵板上有許多凹槽——十之八九是正在製作章魚燒。

「今天是『紅魔寶珠』派對，我有命人大量製作『紅魔寶珠』喔！」

像這種以章魚燒為主的家庭派對，完全就是大阪人會有的思維！

話雖如此，賓客們對『紅魔寶珠』讚不絕口。

使用的內餡不只有章魚肉，還有添加起司或火腿等等，可以讓人自由挑選口味。

「萊卡，妳已經吃幾顆啦？本小姐芙拉托緹可是吃了兩百八十顆囉！」

「在這類派對裡用餐時首要注重氣質，而非與人比食量。我目前吃了兩百六十顆。」

兩位龍少女的食量還是一樣如此驚世駭俗……

在我帶著女兒們享用『紅魔寶珠』的期間，為了避免無法品嘗食物的桑朵菈感到冷落，也有帶她前往養分充足的土壤區域。扮演一名稱職的母親還挺累人的。

「嗯，這片土壤真不錯，那我直到活動開始之前先待在這裡。」

「是嗎？那妳晚點再來跟我們會合。」

當我們返回『紅魔寶珠』會場時，遇見多名熟識的魔族與妖精，就連梅嘉梅加神和名為仁丹的女神也來到現場了。

簡直就跟慶典無異。

「這裡還真熱鬧耶，一點都不像是失落的古代國度。」

別西卜端著一盤『紅魔寶珠』走了過來。

「就是說呀。雖然負責製作賓客名簿的是我，但我沒料到大家會這麼踴躍參加。」

我望向會場，發現佩克菈正在與仁丹交談，月亮妖精依努妙克則跟洞窟魔女艾諾聊天。

看來這場兩百年忌同時發揮聯誼的功效。

別西卜忽然促狹一笑，用手肘輕輕頂了一下我的身體。

「妳想說什麼嗎？別西卜。」

「這全拜妳的德望所賜，如果不是高原魔女亞梓莎發出的邀請函，絕不可能會有這麼多人來參加。」

「妳少在那邊吹捧我了，純粹是大家剛好有空，而且有很多人對沙沙．沙沙王國充滿好奇。」

畢竟有些魔族即使聽說過沙沙．沙沙王國，卻不曾親身造訪過這裡。

「大家之所以如此踴躍參加，都是出於對妳的信賴。至於沙沙．沙沙王國這邊也是因為相信妳，才廣發請帖給妳的朋友們。」

真可疑，別西卜今天為何要這般誇獎我？

「……我可不會把女兒們交給妳的。」

「冤枉啊！這番話單純是小女子對妳的肯定！難道小女子對妳來說就這麼不值得

信賴嗎⁉」

儘管別西卜大表不滿，問題是她平日裡素行不良，我會如此多疑也是莫可奈何。

「但要是法露法與夏露夏提議去住妳家的話，妳肯定會馬上答應吧？」

「就算要小女子與世界為敵也不成問題。」

別西卜一臉認真地拋出這段話，而她就是因為這樣才缺乏信用。

在我們如此閒聊之際，忽然有一道光打在石造舞臺上。那道光似乎也是某種古代魔法。

然後娜娜．娜娜小姐帶著小穆走到臺上。

「現場的諸位嘉賓，感謝大家遠道而來參加羅莎莉小姐的兩百年忌。看著如此盛況空前的一幕，相信化作在天之靈的故人也會深感欣慰。」

等等，羅莎莉可是就在現場喔！使用這種葬禮上才有的致詞方式未免太奇怪了吧！

「現場來了這麼多與故人有過交情的親朋好友，不難想像她在生前是何等活躍。」

她與在座所有人的交情是依然會持續下去，另外這些交情都在她死後而非生前才有的！

如果繼續按照葬禮的方式來致詞，將會一整個變得很怪好嗎⁉

雖然娜娜・娜娜小姐維持著一本正經的態度，但我相信她是故意想惡作劇……

「那就有請故人代表，也是本國元首穆穆・穆穆國王陛下來為這場兩百年忌說幾句話。」

娜娜・娜娜小姐將小穆放在舞臺上便轉身離去。

而小穆終歸是一國之君，神情嚴肅地待在臺上。

能看見羅莎莉正注視著小穆。

「啊～今日的『紅魔寶珠』是使用頂級小麥粉和青蔥，以及贊助商提供的頂級章魚所製作，相信料理出來的味道無可挑剔。」

「哪有人致詞時是從餐點說起啦！」

這害我忍不住大聲吐槽……

不過——

小穆莫名朝我豎起大拇指，露出一張「讚喔」的表情。

看來她對我的吐槽是給予正面評價。

夠囉，少給我在兩百年忌的致詞中裝瘋賣傻。

「啊～羅莎莉小姐是我的朋友。對於很長一段時間都關在房裡不肯出門的我而言，她是非常寶貴的朋友。」

啊，終於認真致詞了。

「相信在座有不少人認為只不過是兩百年忌，自己死後到現在可是過了更漫長的歲月。沙沙．沙沙王國內的人民大多都是這樣，當然我也包含在內。區區兩百年是稍微打個哈欠就過完了——才怪，這樣的哈欠未免也打得太久了啦。」

啊，居然還自我吐槽……

「但只要肯認真面對死亡之後所展開的另一段人生，直到兩百年忌的這段期間仍會經歷各種體驗，因此能趁著兩百年忌邀請大家齊聚一堂，我覺得是一件非常幸福的事情。對吧？羅莎莉。」

小穆望著羅莎莉。

「相信妳也覺得很幸福吧？那妳今後也要當個對周遭心存感謝的幽靈喔，畢竟大多數的幽靈都沒能與人慶祝兩百年忌。」

羅莎莉點頭回應，同時能看見她眼眶裡微微閃爍著某種熾熱之物。

即便是幽靈仍會流淚。

但那終究不是真的液體，在落於地面時就會直接消失。

「像我就是無論兩百年忌或兩百年都轉眼間就過去了，基於這個原因，我想全力為朋友的兩百年忌大肆慶祝。不管是死人或活人都盡情享樂！而這就是最棒的弔念方式！是名為弔念的慶祝！謝謝大家！」

真是一段相當感性的致詞。

——話說會場內被染成一片紅色。

現在應該還沒日落才對。於是現場開始出現躁動。

居然是羅莎莉巨像的身體部分發出紅光！

而且逐漸浮現出「世界的羅莎莉」這段文字……

「喂！這當真叫人害羞到想一頭撞死耶！現在是啥情況!?」

羅莎莉紅著臉大聲抗議，主要的原因是石像的光芒也照映在她臉上。

「安啦，反正妳已經死了，再怎麼撞也死不了啦！既然如此，倒不如多多嘗試各種新花樣，就連後悔和羞恥的感覺也通通體驗一下會更好！」

「那也是妳害我感到後悔與羞恥啊！」

雖說兩人之間有締結友情，個性上卻是南轅北轍呢！

娜娜·娜娜小姐忽然現身，然後把小穆扛下舞臺。

就連娜娜·娜娜小姐似乎也被方才的致詞打動內心，能看見她的眼眶有些溼潤。

「看來她終究是個性情中人呢。」

別西卜對此表示感佩。老實說我也這麼認為。

「對呀，儘管打造這種石像真的太超過了，但她確實很有幹勁與行動力。」

「接下來有請本日的主角，達成兩百年忌的羅莎莉小姐上臺致詞。」擔任司儀的娜娜・娜娜小姐如此說著。

會場內的賓客們開始拍手。

幽靈們也以騷靈現象的方式發出聲響慶賀。

「看來我還是非得說點什麼不可吧……」

羅莎莉顯得相當緊張，於是我輕輕推了一下她的背部。

當然我的手是直接穿過她的身體。

「放心，只要妳將感激之情傳達出去，相信大家都會感受到的，畢竟現場沒有任何人是妳的敵人。」

「雖然我是這麼認為，但在看見那尊石像之後，或許存在著假裝是同伴的敵人也說不定……」

想想這種東西的確只會給當事人帶來困擾！

「可是再如何哀怨也於事無補，我就以拚上一死的覺悟上臺去吧！」

「嗯！去吧，羅莎莉！」

羅莎莉輕飄飄地往前飛，就這麼站在舞臺上。

「那個～……我是羅莎莉。這個……從我死後轉眼間就迎向兩百年忌……今後我也會再接再厲……那個～……打起精神好好當一名幽靈……」

因為兩百年忌由本人上臺致詞是相當罕見的狀況，所以我也不清楚這樣的內容是否恰當。

「我會繼續努力迎向接下來的三百年忌……只是到時不知會有多少位蒞臨現場的活人已經過世了……」

儘管這段話根本是觸人霉頭，但這並非結婚典禮，羅莎莉又身為此次的主角，因此應該無傷大雅吧……

「真、真的很謝謝大家！即便這場活動不是我策劃的，還是祝各位今天能玩得盡興！」

羅莎莉最後閉上眼睛放聲吶喊。

嗯，致詞得相當不錯。

我真心誠意地獻上掌聲。

法露法、夏露夏以及前來會合的桑朵菈——我的三位女兒也笑臉盈盈地拍著手。

羅莎莉，接下來的一百年也請妳多多指教。

就某種層面來說，這場兩百年忌的主要部分應當已經結束——

於是司儀娜娜・娜娜小姐張嘴宣布下個活動項目。

「接下來有請沙沙・沙沙王國合唱團為羅莎莉小姐獻唱一曲。」

當我莫名感受到一股壓力之際，會場內忽然擠滿許多幽靈。似乎是它們全都現出原形了……

「沙沙．沙沙王國合唱團是徹底精通幽靈獨特的發聲方式，堪稱是國內首屈一指的頂尖合唱團，本日獻唱的曲目是取自歌劇『榮耀與沒落』的『衰亡』、『悔恨』以及『萬物皆回歸塵土』這三段篇章。」

儘管是再明顯不過，但這些歌名當真是很不吉利耶。

於是乎，合唱團開始表演。

「喔喔喔喔喔喔……喔喔喔喔喔喔……啊啊啊啊啊啊……呼嗚嗚嗚嗚嗚……」

我聽得背脊發涼。

「這音樂與歌聲真是可怕到超乎想像！」

就連別西卜也露出陰鬱的表情。

「這歌曲簡直跟詛咒沒兩樣，再有精神的人聽見之後都會無精打采。」

「原來魔族在這方面的反應也一樣呀。」

「魔族並沒有喜歡死氣沉沉的歌曲喔。雖說是有歌詞偏向殘暴的歌曲，不過曲調恰恰相反是非常激烈。」

這首歌確實沒有一絲振奮心情的要素。

我的家人們都顯得情緒低落。

就連原本正在享用『紅魔寶珠』的萊卡和芙拉托緹都停下動作。

「我變得毫無食慾……而且莫名有種虛脫感……」

「人家再也吃不下東西了……甚至覺得噁心想吐……」

效果未免太驚人了。

算了，反正等到這首歌結束之後，肯定會有其他活動能炒熱氣氛。

——我起先是這麼認為，偏偏歌曲過了三十分鐘都還沒結束。

「喔喔喔喔喔喔……喔喔喔喔喔喔……啊啊啊啊啊……呼嗚嗚嗚嗚嗚……」

會場內陷入一片低迷的氛圍之中。

我的女兒們都靠著樹木靜靜睡去，哈爾卡拉則彷彿躲進草叢般縮著身體，以雙手環抱兩腿的姿勢坐在地上。

這威力實在是太可怕了！

我覺得情況已有些失控，於是決定去勸阻小穆。

「吶，小穆，難道不能換點別的表演嗎……？」

「不管這場活動變成怎樣，老實說都無所謂了……」

小穆露出如死魚般的眼神。

竟然連死者國度的國王也受到影響了！

此時，娜娜・娜娜小姐搖搖晃晃地走了過來。

她的頭低到讓人無法看清楚表情，充分營造出惡靈原有的氛圍。

「真是非常對不起，亞梓莎小姐……由於合唱團的演繹能力太強大，導致接下來準備上臺的表演者們都意志消沉，因此等到歌唱結束之後，請各位隨意享用完餐點就自行離去好嗎？」

「我們是無所謂啦，但這很明顯是活動安排徹底搞砸了吧！」

「因為合唱團已許久沒有機會能像這樣登臺表演……所以它們卯足全力想唱到讓所有聽眾都心情低落。」

請不要為這種事全力以赴。

當歌曲完全結束之後，包含生者在內的賓客們幾乎都癱坐於椅子或地面上，模樣與惡靈毫無區別。

但還是有幾人例外。

首先是仁丹和梅嘉梅加神兩位女神。

「神明是不會屈服於死者的哀嘆之下。」

「大家似乎都受到影響了，真叫人傷腦筋呢～不過低潮過後才有所謂的高潮，做人就該抱持樂觀的態度喔。」

這果然不會對神明造成影響。

另外也成功激起兩位藝術家的創作靈感。

水母妖精裘雅莉娜小姐正全神貫注地繪製畫作。

「這段體驗讓我見識到就算萬物即將死絕，還沒有真正的結束，卻也因此沒有一絲光明的嶄新世界。水母嘿嘿嘿！」

裘雅莉娜神色猙獰地不停繪圖。想想這的確算是個寶貴的經驗吧。

與此同時，庫庫振筆疾書將萌發的歌曲靈感寫入筆記中。

「讚喔，感覺能編寫出宏觀到前所未見的新歌，就此踏入全新的境界！」

看來這對本性陰鬱的人是完全無效！

儘管整個活動波折不斷，但還是順利幫羅莎莉慶祝兩百年忌，以結果而言還算圓滿。

這段期間，羅莎莉巨像發出的紅光一直照映於死氣沉沉的現場賓客身上。

雖說這畫面算不上可怕，卻類似那種清醒時會令人感到後怕的夢境……

話說這場兩百年忌慶祝大會，卻在我們不知道的地方衍伸出其他問題。

當洞窟魔女艾諾造訪高原之家時，帶來了這麼一本書。順帶一提，艾諾也有參加兩百年忌。

◇

書名為《昔日支配者的廢墟　續篇》。

「總覺得這個書名似曾見過……」

「內容是某位探險家在重遊於前作歷經恐怖體驗的地點後，結果碰上全新的可怕事件。我想書中所指之處就是沙沙・沙沙王國。」

我基於好奇便翻開書頁。

——我曾造訪過一處有著奇特箱型建築物林立，當地文明皆是我未曾見過的廢墟。與其說是造訪，不如說是偶然發現。那裡冷清到幾乎沒有生物存在，並且還有一頭不可名狀、猶如褻瀆天神的動物發出咆哮。

奇蹟般生還下來的我，無論如何都想再次看見那片禁忌異鄉，於是在上述衝動的驅使之下，我又朝著該處踏上旅程。

「既然之前都被嚇得半死，為何還想再回去呢？」

要是此人肯打消念頭的話，就不會衍伸出後續問題了……

「前輩，假如該處存在著唯獨那裡才有的稀世藥草，我就會想再去一次。」

「這只能說是艾諾妳真的非常敬業……」

就來看看接下去的內容吧。

——可是不管我嘗試幾次都以失敗告終，密林內的羊腸小徑彷彿在嘲笑我般，將我引導至截然不同的地點，一再讓我回到平凡無奇的偏僻部落。即使我向當地人打聽，也沒有任何人知道正確的路線。

嗯，畢竟沙沙．沙沙王國平時都有張設避免外人闖入的魔法。

——但在歷經不知是第幾次的挑戰之後，我終於抵達看似是那片土地的場所。

就在我再次看見那些以獨特審美觀打造出來的箱型建築物之前，竟撞見一個令我不禁頭暈目眩的龐然大物。

那是一尊彷彿直衝雲霄、巨大雄偉的少女石像。

這個人肯定是撞見羅莎莉巨像！

「前輩，在羅莎莉小姐的兩百年忌當時，為了讓賓客能夠進出王國有暫時解除魔法對吧？我想這個人就是在那個時候誤闖進去了。」

「嗯，我想艾諾妳猜得沒錯。」

此人偏偏又這麼不巧地跑進王國裡。記得當時並未聽說有一般民眾誤闖進來，難不成是馬上就逃走了？

相信繼續看下去即可知道答案了。

——我莫名有種快被無數疑問壓垮的感覺。這種地方居然建了一尊如此巨大的少女石像——按照這般規模，以建造來形容是最為貼切——但我完全想不透建造的理由，而這肯定也是我畢生見過最為龐大的人型人造物。

而且這尊少女巨像高舉雙手，擺出恍如猛獸正在進行威嚇的姿勢，完全看不出絲毫想詮釋少女本該具備的嬌弱氣質。

作者已被羅莎莉巨像嚇得思緒大亂！

——我就只能目瞪口呆地抬頭仰望這尊少女巨像。難道這尊巨像蘊藏著某

種含意嗎？於是我試著來到裙子底下，然後抬頭往上一看，就只有並未加工過的粗糙岩石映入眼中。

「這個人在想什麼呀!?」

「想必是此人心中燃起與探求未知文明同等強烈的冒險精神，才不惜跑去偷窺裙子裡面吧。」

「這是哪門子的歪理！」

——就在這時，少女的雙眼突然發出紅光，接著連身體也開始發光，就此照亮周圍，導致我只能萬分驚恐地仰望這尊巨像。

基於恐懼，我陷入思緒之中而非轉身逃跑。難不成這尊巨像是做為守衛，用來警告外來的入侵者嗎？但以守衛而言，這尊石像又過於龐大。不，既然有一尊如此巨大的石像，進入密林時理當能看見才對，但我是一點印象都沒有。

這尊巨像為何會存在於此？雖然無人回答我這個問題，不過值得慶幸的是也沒有出現對我抱持攻擊意圖的存在，而巨像就只是不斷發出紅光。

我個人認為建造巨像的理由就只是「感覺這樣很帥氣」。
至於眼睛會發光的理由大概就只是「感覺這樣很帥氣」。

——由於這次沒感受到之前那種得做好必死覺悟的寒意，因此我抱著這次或許能一睹廢墟全貌的期待振作精神，連忙加快腳步往前跑。

可是不出片刻，我立刻有股想馬上摀住耳朵的衝動。
原因是不知從何處傳來一陣既奇妙又驚悚的歌聲。

「這人有聽見合唱團的表演！」

——話說這真能稱之為歌聲嗎？此聲音既不像是生物發出來的，也不是翅膀的震動聲或草木的窸窣聲，偏偏又有著人為產生的旋律。
我聆聽不到幾秒，心中的冒險精神便有如枯竭般變得委靡不振，令我無法繼續邁出下一步，最終只能跪倒在地。這完全就是一首彷彿想徹底侮辱世間生者、褻瀆天神的音樂。不光是旋律，包含發音方式在內，其威力足以摧毀我僅存的意志。

啊～一般人聽見那首歌肯定會嚇壞的……

——嚇哭的我就只能趴倒在地，朝著遠離音樂的方向慢慢爬去。倘若我繼續佇立在原地，害怕地用兩手遮住雙眼的話，我恐怕會完全無法抵抗地一命嗚呼。

此時，我猛然察覺到一道徹底將我籠罩住的黑影，於是我抬頭仰望。

結果發現少女巨像彷彿在威嚇般，瞪視著我這個卑微的存在。

直到這一刻，我終於恍然大悟。

這根本不是一尊巨像，而是一名巨人。

縱使它並非屬於人類，卻憑藉自身意識佇立於此，即便乍看之下是以石頭鑄成，但終究不能做為否定它是生物的依據。

這裡不是人類該來的場所——彷彿感受到巨人正如此告誡的我，就這麼頭也不回地逃出這片密林。

「到頭來是多虧那首歌才得以阻止外人入侵……」

我就此闔上書本。

幸好沒有惹出多餘的事端。話說三不五時就有冒險者闖進古代文明王國，感覺小穆他們得當心點才行。

我感應到一道來自天花板的視線，抬頭看才發現原來是羅莎莉。她似乎也一起在看這本書。

「大姊，書中寫到我像個猛獸一樣……難道我長得那麼嚇人嗎？」

「沒那回事，純粹是當人在心驚膽顫的時候，無論仰望什麼都會感到很害怕……」

之後還是找個機會請小穆拆掉那尊石像好了。

「對了，艾諾妳來這裡只是想談這本書嗎？」

「不是的，是我成功開發出新藥了。」

艾諾神情得意地把一個罐子放在桌上，罐子上則貼著以下這張標籤。

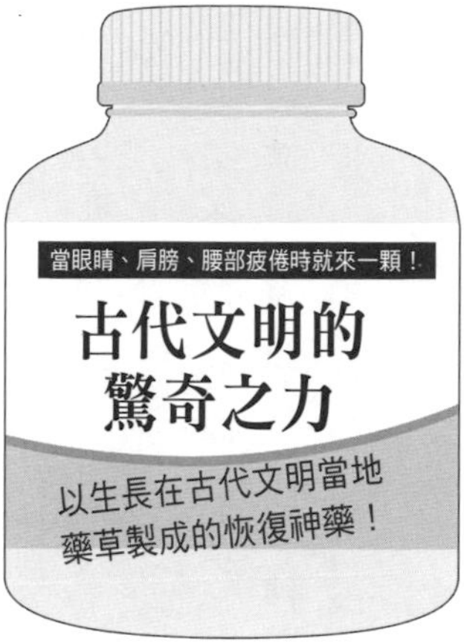
當眼睛、肩膀、腰部疲倦時就來一顆！
古代文明的驚奇之力
以生長在古代文明當地藥草製成的恢復神藥！

「如何？這是我之前造訪沙沙・沙沙王國當時，四處尋找可用藥草的時候發現的！畢竟那裡從不開放讓外人進入！導致植物也以獨特的方式在進化！」

「等等，妳不能取這種名字啦！這有可能會導致那裡被人發現喔！」

於是我請艾諾換一個商品名稱。

像這樣邀請太多人前往沙沙・沙沙王國，感覺上好像非常不妥耶……？

順帶一提，哈爾卡拉在當晚目睹『古代文明的驚奇之力』後，幹勁十足說：「可惡！那我也要開發新商品！」

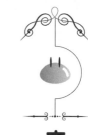

來去山城踏青

She continued destroy slime for 300 years

晚飯過後，夏露夏坐於餐廳裡正在努力嗑書。

當然這是形容夏露夏看得非常專注，並非她真的拿書來啃。即使曾有一次是喝醉的哈爾卡拉把書拿去吃，但我想表達的並不是這個意思。

「夏露夏，妳在看什麼書？」

我把專為夏露夏泡的茶放在桌上，同時出聲關切。

「是這種內容的書。」

夏露夏展示其中一頁給我看。

能看見該頁的插畫是一座小型石造城堡聳立於山丘上。

「咦，夏露夏，難道妳對城堡感興趣嗎？要我帶妳去參觀范澤爾德城嗎？」

反正別西卜肯定會很開心，去參觀一下應該無所謂。相信她會不惜請年假也要跑來擔任導遊熱情解說，而且可能會把各種屬於軍事機密的防衛機制都一併介紹。

「媽媽，這跟范澤爾德城並不一樣。」

「咦？此話怎說？在我眼裡幾乎都一樣耶……」
「好吧，夏露夏就以簡單易懂的方式解釋給媽媽聽。」
夏露夏翻開另外一頁。
該頁畫有類似范澤爾德城的巨型城堡，以及另一座位於山頂上的城堡。
「范澤爾德城屬於這種位於平地的城堡。」
「嗯，這我知道。」
「這在專業術語裡被歸類為『平城』，此類城堡是領主將其建設在自己所統治的領地內，主要用來彰顯自己的威權。」
「嗯嗯，原來是這樣呀。」
「至於這種位於山上的城堡，則是專業術語裡的『山城』。」
雖說是專業術語，但聽起來倒是挺直白的。
「『山城』是昔日領主於開戰期間所建造，以戰事為主的城堡。這類城堡絕大多數的規模都比平城小，如今幾乎都因無人造訪而荒廢，卻也更能讓人體會到歷史的風采。」
「喔~……所以夏露夏妳是想去看看這種位於山上的城堡嗎？」
儘管夏露夏鮮少將情緒表現在臉上，但能從她這種主動的態度中聽出心聲。
「是的，夏露夏想去看看山城，尤其是這座名為達岐彈城的城堡。」

夏露夏翻開另外一頁，該頁插畫裡能看見某處山上有著綿延不絕的石牆狀建築物，恍如哪來的古代遺跡，而且周圍還隱約瀰漫著一層雲霧。

「喔～這城堡看起來確實很帥氣呢！」

「這在城堡愛好者之間有著絕佳的口碑，光從圖片就可以感受到它的美妙之處……可是這地方很難前往。」

夏露夏的神情蒙上一層陰影。

「達岐彈城位於地勢險峻的山上，如果實力沒有達到優秀冒險者的那種程度，勢必會在途中耗盡體力被迫放棄……光靠夏露夏一人是到不了的。」

「那就拜託萊卡或芙拉托緹載我們上去，抵達城堡時再由我抱妳下去。沒有哪個地方是我們一家人到不了的，唯一無法抵達的地方大概就是宇宙吧。」

「可是這麼做就失去意義了。」

夏露夏搖頭婉拒。

然後說出以下這段話。

「靠自己登上地勢險峻的山城才有意義，若是輕鬆抵達將會毫無成就感，完全失去應有的感動！」

夏露夏莫名表現得熱血沸騰！

「大多數的山城都是基於軍事用途打造而成，因此它們吸引人的特色之一就是地處險峻深山裡，讓人難以抵達城堡內部。假如乘著萊卡小姐或芙拉托緹小姐一口氣飛上去，可就本末倒置了。」

「這段說之以理的解釋真是符合夏露夏妳的作風！抵達目的地的過程確實也非常重要。」

我也並非無法體會這樣的心情。

諸如出外旅行時，倘若一秒後就抵達目的地是非常輕鬆，但感覺上會導致出遊的興致大打折扣。因為我的空間轉移魔法不能前往太遠的地方，所以沒有親身體驗過。

我看了一下達岐彈城的簡介。

前往方式

在索迪克拉州之公主城鎮普莉姬雅搭乘前往福薩寺院的接駁馬車，於終點站下車。

在這裡轉乘前往納葛汀山的接駁馬車，於達岐彈城鎮下車，徒步三小時即可抵達城堡。

途中請小心野生動物跟野生魔物。

光看介紹就知道是個窮鄉僻壤……

夏露夏想獨力前往達岐彈城應該會挺辛苦的。光是索迪克拉州就離這裡很遠。即使讓萊卡或芙拉托緹送她到山腳下，單獨一人登山前往城堡還是過於危險。

但只要有我或其中一位龍少女陪同前往就不成問題，原則上都可以成行。

不過機會難得，就抱著出外踏青的心情帶大家一起去不是更好？

——就在這時，我無意間瞥見寫於該頁角落，以小字體註記著負責管理該處的冒險者相關情報。

「夏露夏，我想妳的心願應該能夠實現。因為我得做些準備，就麻煩妳稍等一下囉。」

我輕輕拍了拍夏露夏的肩膀。

我乘著萊卡前往席羅娜的住處。

幸好她這次沒有出外遠遊。事實上是她有把接下來數個月的基本行程表交給我，而此舉應該就是所謂的傲嬌吧。

在見到席羅娜之後，我便將夏露夏想前往達岐彈城一事告訴她。

「姊姊想去達岐彈城!?那就由我把手把腳地來為她帶路！我會盡心盡力服侍姊姊，帶給她永生難忘的美好體驗！」

「我沒有要妳付出到這種地步啦……」
話雖如此，我還是決定委託席羅娜擔任導遊。
「聽說妳也有負責維修達岐彈城。」
雖然字體真的很小，但席羅娜的名字確實有出現在夏露夏的那本書裡。
由於該處寫著與城堡解說完全無關的訊息，怪不得夏露夏會漏看這部分的內容。
「是的，因為這類遺跡置之不理的話，有可能會發生崩塌。另外民眾誤闖該處很容易發生危險，同時有著被盜賊或魔物占據的風險，所以總是需要有人負責打理，這種時候就輪到冒險者出場了。」
想想該處在某種程度上算是迷宮，難怪不能沒人管理。
「其實有時候能在這類古老遺址內發現珍寶，因此對我們冒險者來說也有賺頭。不過考古資料還是得乖乖交給當地政府。」
對耶，既然是城堡，有寶藏長眠於其中也不足為奇。
一同前來的萊卡也十分專注地聆聽席羅娜的解說。
並針對達岐彈城提出專業性的問題。
「該城堡在戰時能容納多少士兵？很抱歉忽然請教這種門外漢的問題。」
「那個～……我在下次見面之前會查清楚的……」
「另外該城堡只要遭龍族從高處噴發火焰，感覺上三兩下就會失守，請問有擬定怎樣的應對措施呢？」

「那個～……我在下次見面之前會一併查清楚的……」

即使是負責維護，但因為並非相關的研究學者，總有一些不知道的事情吧。

「總、總而言之，達岐彈城的事情請包在我身上！為了姊姊，我會傾力相助的！至於我不知道的細節也會查好資料！」

好，導遊的部分算是搞定了。

◇

幾天後，我在全員到齊的晚餐時間宣布以下內容，也順便把桑朵菈找過來。

「我決定這次帶全家人一起前往達岐彈城踏青，至於導遊是對該城堡很熟悉的席羅娜。」

沒錯，既然要去，就全家人一同前去踏青吧。

反正我們就像是一家人，這麼做應該沒關係。

雖然我對山城不感興趣，但想成是踏青就會覺得很開心！其他家人肯定也能樂在其中！

夏露夏開心地雙眼發亮。

「耶——！出門踏青——！」法露法天真地發出歡呼。
光是讓女兒們展露笑容，此企劃就算是成功了。
萊卡似乎原本就對此行很有興趣，能看出她滿心期待。
可是並非所有人都顯得很高興。
「啊……我就不去了……」
哈爾卡拉怯生生地舉手發言。這是為什麼呢……？
「咦？哈爾卡拉不喜歡出外踏青嗎？雖然那裡的確有野生動物出沒，不過像這樣全家人共同行動的話，我相信沒有危險才對。而且偶爾活動一下身體也有益健康喔。」
「在抵達城堡之前，應該會穿梭於山林之中對吧？」
「是啊，畢竟是位於山上的城堡。」
「換言之，這存在著我會獨自遇難的風險！」
「這不是精靈應有的發言吧！」
哪有精靈會害怕前往森林嘛，甚至應該擔任嚮導才對……
「那個～其實我經常在不熟悉的森林裡迷路。像我在路邊發現香菇然後開始採集，回神時才驚覺其他人已不見蹤影，而且自己對當地山路又不清楚……我有信心到時會發生這種情況！」

請別對這種事情抱持信心啦。

「不過妳說得對……我也開始擔心妳會一如往常那樣遇難。」

既然當事者都正式表明存在著這種風險，我也不便強人所難。

而桑朵菈則是明顯露出相當排斥的表情。

「桑朵菈也不想去嗎？若是覺得走路太辛苦，我可以背妳去喔。」

「因為那裡有很多惹人厭的植物，光從根部就能看出它們性格惡劣。」

「原來是這樣呀……」

話說怎樣的根部代表性格惡劣也讓人一頭霧水。

「另外山頂全都是岩石吧？我不屬於能生長在石縫間的種類，而且對這類環境不感興趣。至於那樣的岩石，我看就只會長滿苔癬那幫傢伙吧？」

「儘管無法對妳的理由產生共鳴，但假如妳當真這麼排斥，是可以讓妳負責看家啦……」

全家人一同去踏青似乎比我想像中更難以實現。

「其他人都沒問題吧？」

「看人家在山裡大搞破壞來發洩壓力！」

「芙拉托緹，先說好不許在山裡搞破壞。」

要是毀損遺跡的話，那可不是鬧著玩喔。

「所謂的城堡就是基於軍事用途建造而成，那就表示很歡迎別人來攻打——」

「並沒有那種事。」

這裡面還有一位是基於其他目的才答應同行。

「既然是廢棄城堡，裡面或許有著士兵死後變成的惡靈。大姊，我也十分期待這趟出遊喔。」

「居然把那裡當成靈異地點!?」

這對羅莎莉來說並非靈異地點，是可能有其他同類存在的地點罷了。

「如果不是處於充滿戰爭的時代裡，鮮少能遇見被刀砍死或遭箭射死的幽靈。若能聽人分享這類經驗還挺有新鮮感的。」

「我對這類話題是敬謝不敏。」

像這種很可怕或感覺很痛的故事，我是一點興趣都沒有。

另外出自幽靈的嘴巴就絕非瞎掰鬼扯，而是實打實的親身經歷……

算了，即使大家基於不同的目的也無所謂。

於是乎，達岐彈城的踏青之旅就此拍板定案。

◇

我們於途中和席羅娜會合，來到了索迪克拉州的達岐彈城鎮。城鎮後側不遠處能看見高聳陡峭的險峻山巒。

「大家好，今日是由席羅娜我來擔任各位的嚮導。由於在山中迷路是相當危險，還請大家仔細——」

「那邊有在賣葡萄耶！因為產地就在這裡，所以價格好便宜喔！」

「那邊的藍龍，麻煩妳先專心聽我說！」

雖然這感想來得有點晚，但要把這群家人整合起來，仔細想想還真是難如登天呢。

「我先簡單介紹一下達岐彈城的歷史。接下來的內容是我從多本當地地方誌跟歷史書籍裡統整出來，大家可要專注聽講。」

席羅娜對於這類事情是絕不馬虎。儘管個性較為尖酸刻薄，卻是個認真的好孩子。

「該城堡於十五諸侯時代所建。由於以當地的小領主而言，這座城堡的規模是過於雄偉，因此學者認為是附近權貴建造來當作防禦設施。在深池之戰當時，該城也淪為主戰場之一，相傳負責防守該處的三百名士兵全軍覆沒。」

「所以是將士們夢想的痕跡啊……」

萊卡喃喃自語說出這段話，沒想到此俳句也存在於這個世界裡……

一旁的夏露夏很認真在做筆記。有這麼一位熟悉當地歷史的嚮導，真的是太好了呢。

「根據當地傳聞，至今仍有慘死的士兵幽靈出沒於該處。」

「喔，存在這麼久的幽靈可是相當罕見，真期待它們的經驗談呢。」

羅莎莉因為不同於其他人的理由顯得十分興奮。

「儘管這件事對各位而言應該不成問題，但我還是提醒一下。」

「附近山中有熊和毒蛇出沒，大家務必要提高警覺。」

「雖然熊肉的騷味很重，不過芙拉托緹認為這也是一種獨特的風味。」

「我並不是在提醒料理時的注意事項！」

正因為知道席羅娜非常認真在擔任嚮導，更令我覺得自己很對不起她……

「總之我已經提醒過囉……那麼，接下來就出發前往達岐彈城。這條路也是敵兵在進攻該城時會走的路線。」

令人期待的踏青之旅終於要開始了。

雖說很可能會面臨一場挺辛苦的長途跋涉，但還是把它當成開心的健行——

兩位龍少女以飛快的速度沿著山路往前衝。

「這點程度的山路，看人家花不到十分鐘就爬完了！」

「芙拉托緹，妳的動作不夠俐落，不必把腳抬那麼高也能前進，妳那樣很快就會累癱的。」

「哼，萊卡妳就是滿腦子小聰明。這點小事不成問題，反正人家會在累癱之前先抵達終點！」

這兩人已前進一大段距離了！

「暫停暫停！妳們都先停下來！」

我扯開嗓門喊住她們。

「主人，難不成是萊卡犯規先偷跑嗎？」

「我才沒有犯規，但若是亞梓莎大人當真如此宣判，我願意坦然接受。」

不對，她們打從出發點就錯得離譜。

「因為沒能在宿驛站接力賽與萊卡分出勝負，所以人家決定趁此機會再比一場。」

「畢竟我們都對這座城堡不太熟悉，以條件來說是相當公平，所以我也覺得這是一決雌雄的大好機會。」

沒想到兩人仍對宿驛站接力賽一事耿耿於懷。可是像這樣比賽看誰先抵達終點，簡直就跟感情要好的小學男生毫無分別。

「這趟行程終歸是出來踏青！並不是來賽跑的！讓我們一起慢慢走吧？嗯？」

我還有一件事並未說出口，就是當真在十分鐘內抵達城堡的話，將會失去由席羅娜擔任嚮導的意義。

因此，我希望在席羅娜的帶領之下前往目的地。

「說得沒錯！腳踏實地一步步往前走也能體會到不同的感受！」

雖然萊卡立刻表示贊同，席羅娜卻感到相當傻眼。

「所以我才不擅長面對龍族……畢竟每次都會讓人深刻體認到自己有多麼弱小……」

確實龍族在許多方面都十分逆天。

我們重新展開這趟踏青之旅。

身為母親，我隨時都在關注著兩位女兒。老實說即使撇開母親的身分，其他成員也全是些用不著擔心安危的強者。

夏露夏不發一語地沿著道路往前走。

「夏露夏，走太快可是會後繼無力喔～還是走慢一點比較好。」

法露法出聲提醒夏露夏。畢竟她是姊姊，總會為妹妹操心。

「人家相信攻打達岐彈城的士兵們也會像這樣加快腳步，至少能肯定絕不是抱著踏青的心情往前走，人家想揣摩當年那些士兵的心境。」

「我能理解妳的感受，可是沒有拿捏好步調會很危險喔～比方說容易被樹根或石頭絆到腳～」

「人家會將這些忠告銘記在——————啊！」

就在這時，夏露夏稍微踩了個空。

似乎是錯估路面的高低差。真是的，才剛叮嚀完就出狀況！

法露法在千鈞一髮之際拉住夏露夏的手。

「看吧？是不是很危險？」

「……嗯，人家會注意的。」
喔，法露法成了一位稱職的姊姊呢。
照此情形看來，我稍微放輕鬆點也不要緊。
不過我依然想將兩個女兒踏青的模樣烙印於眼底，因此還是繼續關注她們吧。
走在最前面的是兩位龍少女，她們保持著不會領先太多的距離往前走。
「這道路還真難走，明明從空中飛過去馬上就能抵達終點呀。」
芙拉托緹打從心底對此感到不解。
「在不能飛行的情況下，這條路是充滿危險。比如說從高處飛來箭矢或石頭，想通過是困難重重。」
跟在兩名龍少女後面的席羅娜開口解說。
「對了，席羅娜小姐，關於遭遇龍族從空中噴火進攻的情況，守軍會如何應對呢？」
萊卡似乎頗在意這件事。畢竟看在紅龍眼裡，任何城堡都顯得不堪一擊吧。
「根據我查閱的文獻，這片土地鮮少能看見龍族上戰場，而且整個州裡也沒有龍族棲息。不過還是有提到為了應付龍族，有部署擅長雷魔法的魔法師在山頂上。」
「原來如此，畢竟雷電能對龍族造成威脅，一旦擊中都會受到重創。謝謝妳的解說，席羅娜小姐。」

「會感受到威脅的就只有體力不足的龍族，芙拉托提可是挨上幾發雷電都不要緊喔！」

我個人認為用體力來硬扛還挺犯規的。

以上交談聲迴盪於樹林間，沿著蜿蜒曲折的道路往下傳進我的耳裡。

讓人確實很有踏青的感覺。

「話說大姊啊，既然城堡位於深山裡，在那邊生活應該相當不便吧。」

飄於半空中的羅莎莉跟在我的身旁。

「就是說啊，妳可以去請教席羅娜，相信她對這方面的事情也很清楚。」

席羅娜臉上閃過一絲得意的神色。畢竟她是此行的嚮導嘛。

「就由我來幫妳們解惑。其實位於山上的城堡並沒有設置生活空間，士兵們平常都在山腳下生活，唯有敵軍來襲時才會駐紮於城堡裡。」

「嗯～意思是他們得經常兩頭跑囉，以前的士兵還真辛苦耶。不過這條山路除了比較崎嶇以外也沒什麼，沿途上都沒撞見熊或毒蛇。」

野生動物或許都被在場的兩名龍族嚇跑了。

相信牠們單靠本能就察覺出那不是自己能招惹的對象。

此時，芙拉托緹隨口唱出一段旋律獨特的歌曲。

「藍龍是強大的龍族～♪能把任何東西都凍成冰雕～非常偉大的說～♪」

記得登山時有個小知識，就是透過唱歌來嚇跑熊！

芙拉托緹似乎是下意識採取這項做法。

「我有提前來探過路，以免熊或毒蛇突然竄出來。而這本就是冒險者分內的工作。」

喔，原來是席羅娜也有顧慮到這部分呀。

「但牠們終究是野生動物，或許會躲在附近也說不定，所以大家還是要當心。」

「席羅娜小姐好厲害！」

「這等舉動很有職業精神，真叫人欽佩。」

兩個女兒開口讚揚席羅娜。

「沒那回事啦～我還有許多不足之處……為了避免給兩位姊姊蒙羞，我一直在努力精進……希望妳們今天能玩得盡興。」

與面對我時的態度也相差太多了吧……

當我們沿著坡道慢慢往上走時，席羅娜開始為我們介紹達岐彈城。

「儘管此處乍看之下是一片平凡無奇的空地，但其實是人力開闢出來的，主要是供士兵們在這裡紮營。」

夏露夏立刻寫入筆記內。

「從這片臺地往下看，恰好適合用弓箭狙擊沿著道路跑上來的敵兵，也算是用來殲滅敵軍的戰略要地。」

「這安排的確合情合理。真不愧是出名的山城，建造時有用心在規劃。」

「對吧？還記得在進入這片空地之前，我們有拐過一條彎路嗎？那是為了避免敵軍直接衝進這裡才如此設計的，另外手持刀槍的士兵們也能趁著敵人放慢腳步時發動攻擊。」

這也讓我上了一課。

想想我對這個世界的歷史只是稍有涉獵。

「即便加入這麼多巧思，駐守於此的士兵們仍全軍覆沒。就算這都已成往事，仍令人不勝唏噓。」

感性的萊卡顯得有些落寞。

「萊卡小姐，緬懷相關哀傷的歷史也是參觀城堡的醍醐味之一，妳能這麼想真的很好。」

夏露夏大表贊同地點點頭。

看來兩人在這方面產生共鳴。

「總覺得人族老愛思考這些麻煩事。」

聽完解說的芙拉托緹，不出所料是露出一副百般無聊的樣子。

「芙拉托緹，誠心建議妳學點歷史會比較好，這能幫妳的人生增添色彩。」

萊卡以類似說教的口吻提供建議。

「因為這座城堡又不是權貴的根據地，換作是人家就會選擇略過這裡，直接去進攻根據地。」

感覺此見解比想像中更為精闢。

「事情並沒有那麼簡單。我就以嚮導身分解釋給各位聽，若是敵軍決定略過這個據點繼續深入，很可能會被來自這裡的士兵們從背後偷襲，所以只能殺上山去摧毀據點。」

「雖然此說法頗有道理，不過這個城堡位於山頂上，倘若山下的城鎮提前被毀，他們也只能被迫撤退，因此人家是認為應該建於山腰處就好。」

「呃，山下的城鎮沒那麼容易被毀，從山上趕路下去依舊來得及救援，總之就是這樣！」

面對芙拉托緹意料之外的質疑，席羅娜似乎有些招架不住……

「好啦好啦，繼續前往下個地點吧！既然已經抵達防守城堡的其中一個遺址，表示再過不久就能抵達城堡所在的山頂處，大家再加把勁吧！」

我們重新邁開步伐前行。

夏露夏稍微拍了拍自己的大腿。
看來她想振作起精神，展開最後衝刺。
夏露夏，妳可把握機會好好學習喔。

一如席羅娜所言，我們沒過多久就抵達山頂上的城堡遺址。
「喔~好壯觀的石牆，當真非常有古代遺跡的感覺！」
這裡確實稱得上是觀光勝地，就連對山城不感興趣的我也不禁跟著興奮起來。
除了我們以外，現場還有其他由冒險者護送上來的觀光客們。
「對吧？乾媽，達岐彈城可是舉世聞名的景點。不僅是遺跡本身十分壯觀，包含其優異的構造設計，以及士兵們全軍覆沒的悲傷歷史在內，簡直就是無可挑剔。」
席羅娜彷彿把這一切當成自己的事蹟般顯得得意洋洋。
夏露夏沿著城堡外圍跑來跑去，以飛快的速度作畫。
儘管書裡已有城堡的插畫，但她還是想自己親手繪製吧。
「風景真好~！」法露法在現場挑了個視野絕佳的地點，低頭眺望山腳下的城鎮。
嗯，安排這趟踏青之旅是個正確的選擇，真的是太好了。
雖然此行的目的只是踏青，不過席羅娜仍細心地為夏露夏與萊卡解說此城堡的構造和防禦機制。

「若是敵軍攻入這裡，就會遭受那邊跟那邊的瞭望臺以箭矢夾擊，一口氣折損大量兵馬。可說是規劃得非常好。」

可是萊卡露出一副無法坦然接受的表情。

「怎麼了？妳在煩惱該如何攻陷這座城堡對吧？」

「嗯……換成是我的話……」

萊卡一臉傷腦筋地拋出以下這段話。

「還是會從高空噴射火焰燒毀這裡。」

萊卡將目光移向畫有山城原始樣貌的看板。

「先等一下！這裡有部署擅長雷魔法的魔法師，即使碰上龍族也有辦法應付喔！」

席羅娜彷彿想控訴這麼做已經犯規似地提出反駁。

嗯，記得她之前說過有魔法師駐守於此。

「要是龍族從遠處慢慢飛來的話，或許還可以用魔法反制，但只要我從山腰處化成龍形一口氣飛上來，即可在被雷魔法擊中之前燒毀這座城堡。我相信這樣即可在最短時間內攻陷此處……」

萊卡似乎很清楚這麼說會惹席羅娜不悅，因此顯得十分愧疚。

「畢竟妳問我會如何攻打這座城堡……既然沒有不准龍族參戰的限制，我自然會給出這個答案……」

「嗯嗯，芙拉托緹也抱持相同意見。」

芙拉托緹表態支持萊卡的說法。

「這種情況只要使出冰凍龍息把士兵們通通凍結，人家就獲勝了。死守在山上的城堡裡根本形同自殺，讓人家能更快把他們全變成冰雕。」

「我說過啦～飛過來只會被雷電——」

「稍微承受一、兩發雷電，芙拉托緹還是有辦法噴出冰凍龍息！」

芙拉托緹如此斷言。

「假使他們之中真有實力足以一發雷擊即可打倒龍族的魔法師，那就應該派去前線設法打倒敵軍才對，派來守城根本是暴殄天物！」

沒想到她居然能提出如此有說服力的論點！

席羅娜擺出一副不堪其擾的模樣。

「唉……當我沒說……妳們龍族根本不懂山城的浪漫。」
上述發言莫名很有夏露夏的感覺，看來席羅娜也是個頗重度的城堡愛好者。
「若有龍族來襲，或許真會發生這種事，不過這裡自古就流傳著三百名士兵死守達岐彈城，最終慘遭敵軍殲滅的故事。由於住在達岐彈城鎮的老者也都聽過這則傳聞，因此我有負起責任四處打聽調查喔！」
「啊～關於這則傳聞，我想可能與事實有出入喔。」
這次換成羅莎莉提出反論！
「以一座死傷慘重的城堡來說，這裡一名惡靈都沒有。如果傳聞屬實，至少會有幾個落魄士兵的靈魂在附近遊蕩。」
原來這世界也有落魄武士的概念！
「於是我向那邊那位長期在這裡遊蕩的幽靈打聽了一下，真相是此處的守軍眼看打不贏敵人，結果全都逃走了。」
故事竟然徹底反轉！
「根據那位幽靈的說法，因為這座城堡地勢過高，結果敵軍在開戰後直接略過這裡，一路往前挺進。」
席羅娜聽完大驚失色，當場臉色刷白。
畢竟席羅娜喜歡白色，也就不介意臉色刷白吧？想想應該沒這回事……

「就、就算這樣……既然後方有友軍鎮守的城堡，多少還是能發揮出牽制敵軍的功效……所以絕非毫無意義，肯定是這樣沒錯……」

以席羅娜的立場來說，倘若無法讓結論回歸到這座城堡有其效用的話，將會難以為這段故事收場。

「因為駐守在這裡的兵力太少，根本無法對敵軍造成威脅，而且此處的指揮官也不是權貴的親信，只不過是當地一個帶頭的小官，所以聽說他為了避免自家弟兄平白送死，打從一開始就無意出兵追擊喔。」

席羅娜被堵得百口莫辯！

席羅娜雙腿一軟，跪倒在地。

「這算什麼……？意思是這裡甚至沒發生過激戰嗎？那怎麼會流傳出這段故事!?」

「依照那位幽靈所說，當地人覺得這樣很丟臉，就謊稱他們因激戰全軍覆沒。」

話說羅莎莉從剛剛就一直提到「那位幽靈」，但因為我根本看不見，所以不知她到底在指哪一位。

「另外下方那個能駐紮士兵的空地，它說那只是自然形成的。」

「這位幽靈也太了解了吧！」

既然如此，打從一開始去請教這位幽靈就好了。

儘管對席羅娜不太好意思，但我認為這位幽靈說的比較接近真相。

撇開這些不提，我現在比較擔心夏露夏的感受。

雖說這件事並不能怪誰不好，可是我擔心她會受到打擊……

畢竟原本是座有著壯烈傳說的著名山城，如今卻得知真相還挺窩囊的。

夏露夏痴痴地望著山城的遺跡。

大概是我所在的位置恰好只能看見她的背影，讓我覺得她好像顯得相當失落。

「夏露夏……？」

我從旁出聲呼喚。

「媽媽放心，人家並沒有難過。」

夏露夏淡然地說著。

「人們很容易根據城堡的構造，不禁對它的能耐產生遐想，但在現實中的戰爭是會按照當下的各種要素產生變化，諸如兵力、士兵的訓練度和士氣、敵方的軍力……即使城堡打造得再巧妙，實際上仍有可能會因為派不上用場而直接棄守。多虧那位幽靈的提醒，讓夏露夏想起這些差點忘記的事實。」

從一位看不見形體的幽靈口中得知這麼多事情，感覺心情挺複雜的……

「就算這樣……仍掩蓋不了達岐彈城是一座優秀山城的事實。」

夏露夏輕輕地露出微笑。

啊~夏露夏在我沒注意到的時候已經長大成人了。

身為一名母親，我不禁有感而發。

「沒錯，這座城堡真的很雄偉，值得讓人來這裡走一遭。」

我將手輕輕搭在夏露夏的肩膀上。

「那位幽靈也有說喔，這麼用心打造的山城可是世間罕見。」

我說那位幽靈啊，可以讓我拜見一下你的模樣嗎？

——就在這時，從旁傳來其他觀光客的驚呼聲。

「有熊跑來了！」「這裡有一條巨蛇！」

果然是山城，依舊有著遭遇野生動物的風險。

「不要緊吧？如果只是一頭熊，我有辦法擺平！」

席羅娜伸手擋住我的去路。

「請放心，**乾人**。」

「別因為情況緊急，就用這種奇怪的方式省略稱呼。」

這稱呼聽起來一點敬意都沒有。

但既然席羅娜這麼說了，難道她是想一盡嚮導之責前去處理嗎？

席羅娜好歹是個出色的冒險者，理當不會輸給一頭熊。

「為了避免野生動物傷害姊姊她們，我有在附近安排人手。」

「安排人手？」

此時從發出尖叫聲說有熊和蛇跑來的方向，當真有熊與蛇朝這邊接近。

確切說來是一頭白熊跟一條白蛇。

「原來是白熊大公！」

那是席羅娜的寵物——真要說來是在席羅娜出門的期間，負責照顧其他寵物的白熊，以及有著一雙可愛紅色眼睛的白蛇。

「我讓牠們負責警戒是否有危險動物出沒。」

「請不要派遣熊與蛇來到真有熊跟蛇出沒的地點啦！」

在場的觀光客們，很抱歉像這樣驚擾到大家，我以乾媽的身分向各位賠罪。

接著從反方向傳來「有老虎啊！」的慘叫聲。

但這已經嚇不倒我了。

「應該是席羅娜新飼養的白虎吧。」

「是啊，因為這附近沒有野生老虎棲息。」

我忽然有個疑問，關於有野生動物出沒的傳聞，難不成是席羅娜讓白熊和白虎在這裡亂跑造成的吧……？

畢竟她為了維護這座城堡曾多次來到此處……

「不過冒險者可能會攻擊白虎，還是過去看看比較妥當。」

「也對，即使這裡應該沒有如此強大的冒險者，為求慎重還是去看看吧。」

於是我和席羅娜快步朝著白虎所在的方向跑去。

抵達現場後，竟有一名狀似冒險者的大叔跪在白虎面前。

現在是什麼情況？難不成他嚇到腿軟了？

想想在一個本該沒有老虎出沒的地方碰上老虎，正常人都會嚇壞才對，畢竟這可不是撞見哪來的野貓。得趕緊上前說明清楚才行……

「你該不會是我的摯友薩姆虎藍吧？」

「居然意外撞見類似某故事的名場面！」

在我前世裡有一個這樣的經典故事。

可是無論在哪個世界裡，都會發生這種人變成老虎的事情嗎？

當然在我前世的地球上，並沒有真的發生人變成老虎的荒唐事……終究只是存在於故事之中……

「喵嗚？喵？」

這白虎的叫聲還真像貓耶。

「這位冒險者先生，請問你有一位名叫薩姆虎藍的人類朋友嗎？」

既然白虎跟冒險者都顯得心平氣和，就姑且聽聽當事者怎麼說吧。

「我以前在貴族身邊擔任護衛時，與對方飼養的白虎十分要好。在白虎產下許多隻幼虎之後，貴族希望白虎能自在地生活在大自然裡，於是把牠們送回森林之中。」

「啊，原本就是老虎呀……」

雖說比起人變老虎更貼近現實，但我覺得他應該認錯老虎了。

「想想『激情純白』確實莫名親人，也許真的曾被人飼養過呢。」

出乎意料的重逢!?

「對了，妳提到的『激情純白』是白虎的名字吧……？我說席羅娜呀，妳不覺得自己取名的品味有點怪嗎？」

「又沒關係，反正是讚揚白色的名字就好。」

看來這就是她評斷名字的基準。

「我們還會在山上再待一段時間，你可以跟這孩子繼續聊喔。」在席羅娜同意之後，冒險者不停向她道謝。

「席羅娜，感覺妳比以前圓融多了。」

總覺得她親切待人的時候增加許多。

「沒禮貌，別因為我是史萊姆妖精就覺得我胖。」

「我並不是這個意思。」

席羅娜發出一聲嘆息。話說她在兩位姊姊面前不太會出現這種反應。

「其實我因為搞砸山城一事感到有些氣餒，原來這裡根本沒爆發過戰爭……」

「妳並沒有搞砸任何事情。多虧有妳，我們才能夠來到夏露夏想參觀的山城踏青呀。」

最終依然有順利達成目的，原本看著我的席羅娜將臉撇向一旁——

「謝謝妳，乾媽。」

就姑且相信席羅娜是真的在感謝我吧。

話說回來，我們還沒進入踏青最重要的環節。

相隔一段距離的法露法向我們揮揮手。

「媽咪～席羅娜小姐～！來吃便當囉～！」

沒錯，就是午餐時間！

「嗯，我們這就過去！」

我牽起席羅娜的手往前跑。

像這樣在山城中野餐，老實說是個非常棒的體驗。

「這裡的風景真美，我在生前從沒見過這樣的美景。」

羅莎莉稍微往前飄去，低頭俯視著山腳下。

「對呀，從這裡能將城鎮一覽無遺呢。」

像這樣邊吃飯邊欣賞美景，當真是一種享受。這可是必須努力爬上山頂之後才有辦法感受到的。

「假如有敵軍來到山下城鎮，從城堡眺望可以看得一清二楚。以一個防禦設施來說，它還是有其效用吧。」

「吹來的風真舒服！」

兩位龍少女也樂在其中，不過她們的便當分量特別多，而且裡面塞滿了肉。

其中最重要的一點，就是夏露夏玩得很盡興。

「像這樣在城堡裡邊用餐邊眺望街景，莫名有種成為一國之君的感覺。」

「夏露夏，妳還有青菜沒吃完喔～」

法露法探頭檢查夏露夏的便當。

「對一國之君而言，有著比吃青菜更重要的事情。」

「這算不上是理由喔，快吃吧～」

「生在戰亂時代的一國之君，或許到了明天就有可能身首異處，因此沒空吃青菜。」

「像那種不吃青菜的君主，臣子們可是不會追隨喔～」

被法露法駁倒的夏露夏，就這麼不甘不願地把青菜塞進嘴裡。
「明明是相同的青菜，但在這裡吃就覺得比較美味。」
不過夏露夏的表情與這句話恰恰相反，她露出一副十分不滿且完全無法接受嘴裡食物的模樣，令我忍不住笑出聲來。
「雖說應該是錯覺，不過只要妳覺得美味就好。」
我摸了摸夏露夏的頭。
「只要兩位姊姊能開心，我就心滿意足了。」
席羅娜安心地放鬆表情，一起吃著我們帶來的便當。考慮到席羅娜的喜好，她那盒的料理統一成白色，就連麵包也特地做成白的。
「謝謝妳，席羅娜小姐～！像這樣來踏青還真舒服呢～！」
「這次的山城體驗讓人家獲益良多。」
「請別這麼說，這點小事能讓二位如此開心是我的榮幸……」席羅娜在聽見兩人的道謝時受寵若驚。假如單看身高，肯定會對她們的姊妹關係感到一頭霧水。
嗯，這次當真是多虧有席羅娜的幫忙。
吃完飯後，法露法和夏露夏跑去跟白熊大公玩鬼抓人。
想想也得向白熊大公道謝才行……
「找到你了～！因為白熊大公一身白，馬上就能發現了～！」

這麼說也沒錯啦⋯⋯

不同於開心玩耍的法露法，夏露夏卻是一臉嚴肅，似乎正在思考該如何躲藏，便往山下走去。

雖然沒有規定範圍，但離山頂太遠將導致範圍過廣，這樣應該不太好吧？要是走失的話就糟了。

忽然間，夏露夏向我跑了過來。

「媽媽，席羅娜小姐，現在不是玩鬼抓人的時候，快來這邊。」

瞧夏露夏似乎相當焦急，我便馬上隨她過去，當然我是不清楚發生了什麼事。

「這裡怎麼了嗎？就只是一片長滿樹木的平地吧？」

並不是發現寶箱或洞窟的入口。

不過，一起被找來的席羅娜顯得非常吃驚。

「太驚人了⋯⋯儘管被樹林遮住，但這裡是沒畫入城堡復原圖裡的遺址！這下足以證明達岐彈城的範圍比學者當初推測的更為寬廣！」

「咦？所以多虧夏露夏，有了重大發現是嗎？」

「是的！她完全有資格向山城的研究學者吹噓呢！」

有時的確會因為玩鬼抓人發現新事物。

這可說是一趟讓我知曉任何付出都絕無白費的踏青之旅。

在佩克菈的邀請之下……正確說來是她的傳喚之下，我正朝著范澤爾德城前進。

『真不好意思勞煩各位陪我走一遭。』

耳邊傳來法托菈宛如廣播般的說話聲。

化成利維坦形態的法托菈載著我們一家人趕往目的地。

「別這麼說，妳也一樣是受人指使，所以跟受害者毫無分別。」

反正肯定是佩克菈想到了什麼歪主意，而這也是唯一的可能性。

『能聽您這麼說真是太好了。由於陛下開發出新東西，她表示無論如何都想請您去看看……』

我對開發二字頗為在意。誰叫這幫魔族什麼東西都造得出來……算了，只要不會擾亂世間和平，她們造出什麼都無所謂。

想想不管在哪個世界裡都差不多，位高權重者一旦心血來潮，就會馬上付諸實行。

雖然絕大多數都會給人添麻煩，不過有時也會孕育出美妙的事物，相信佩克菈不會認真打造過於危險的東西。

「話說其他人在哪個房間呢？瞧這裡似乎空蕩蕩的。」

理當不是只有我一人在此，不過類似大廳的這個房間裡空無一人。

『大家應該都在賭場裡吧？其實哈爾卡拉小姐曾拜託瓦妮雅在這裡開設賭場，但前提是不許真的賭錢。』

「……這樣啊……我去看看。」

當我往賭場走去之際，突然傳來哈爾卡拉的慘叫聲。

「又輸了～！為什麼……為什麼嘛……這已經是五連敗了耶！」

站在桌邊擔任荷官的瓦妮雅嫣然一笑。

桌上則放了一個看似輪盤的缽狀物。

玩法應該就是下注小球會滾進哪個位置吧。

「哎呀哎呀，哈爾卡拉小姐的運氣真不好，看來開盤第一局的勝利就已經耗光妳的好運了～」

「沒、沒那回事！看我再次掌握那局的好運大獲全勝！荷官，再來一局！」

只見身為荷官的瓦妮雅揚起嘴角，看來哈爾卡拉完全被人玩弄在股掌之中……

位於後側的其他家人都傻眼地看著哈爾卡拉。

狀似對賭博最不感興趣的萊卡也忍不住翻了個白眼。

「賭博果然是不好的行為。在僥倖心態的驅使之下，人很容易失去冷靜的判斷力，說白了跟洗腦魔法毫無分別。」

「哈爾卡拉姊姊很明顯已經賭上癮了～幸好賭的不是真錢。」

「要是開局就贏錢的話，很容易會把賺來的籌碼當成基準。一旦籌碼沒達到基準就會認定自己輸錢，變得難以停手不賭，最終只會慢慢陷入無底深淵之中。」

法露法與夏露夏也非常冷靜地在一旁觀察。

聽說賭場都會故意先讓賭客贏錢，等對方食髓知味之後再把錢搾乾，恐怕這些所言不假。

「大姊大姊，哈爾卡拉大姊頭簡直是輸得一塌糊塗喔。」

注意到我走進來的羅莎利，隨即來到我的身旁。

「話說她輸了多少？」

「如果真的賭錢，她已經輸掉三千萬金幣了。」

這金額也太駭人了吧。

「雖然我從不賭錢，不過惡靈之中有許多人是因為沉迷於賭博而不得不死，可說是如假包換的真實案例呢～」

「嗚哇啊……意思是沉迷於賭博真如傳聞那樣會毀人前程囉……」

「哈爾卡拉是個外表看似很聰明的笨蛋，人家相信自己比她聰明多了。」

坐於桌邊的芙拉托緹喝著茶說出感想。桑朵菈也同樣坐在椅子上。

大家似乎都對正在賭博的哈爾卡拉充滿好奇，於是全都聚在這裡。

「對了，老實說我很意外芙拉托緹妳對賭博不感興趣，我原以為妳在所有動物之中是屬於好賭成性的類型。」

按照桑朵菈的說法，一般植物似乎都對賭博興致缺缺。

話說回來，我並沒有針對芙拉托緹一人，是所有藍龍都給我一種很容易因為賭博把錢輸光的感覺。畢竟他們幾乎都不喜歡勞動，秉持著過一天是一天的生活方式。

「因為藍龍都沒啥錢，想賭也賭不起，所以沒有一人熱衷於賭博。」

原來是這麼回事！

「而且要是真有藍龍沉迷於賭博又輸成窮光蛋的話，十之八九會當場失控亂噴冰凍龍息。」

意思是賭場經營者也不敢把藍龍當成冤大頭來痛宰。

無論基於何種理由，我認為還是別沉迷在賭博之中。

順帶一提，哈爾卡拉在這之後仍是一路慘輸。

而這就是所謂的賭博，一旦成癮就再也無法抽身了。

即使到了晚餐時間，哈爾卡拉依舊臉色鐵青。

「那個，哈爾卡拉，妳今天並沒有真的賭錢吧？為什麼妳的臉色這麼難看呢？難不成是身體不舒服？」

「是我一想到假如今天當真跟人賭錢的話，就覺得渾身難受……」

哈爾卡拉顯得非常沮喪，神情比起以往宿醉時更加痛苦。

「我有稍微估算一下，今天大概就輸掉一億金幣了……這種花錢方式簡直是荒唐透頂……當時的我到底在想些什麼？」

「雖說只要懂得反省就很棒了，但還是趁早回頭比較好。」

「那個，師父大人，如果我今後又要去賭博的話，懇請妳務必把我扔進池塘裡，拜託妳了。」

「居然不惜採取這種物理方式讓腦袋冷靜下來。」

經此一事，哈爾卡拉似乎體認到賭博的可怕之處，相信她往後不會再重蹈覆轍了。

以此角度來說，這個賭場的確有發揮效用，讓人能夠立刻學到教訓。

但若是不小心大贏的話，難保有人會因此賭博成癮……想想還是有風險也說不定……

就在這時，先前不停大勝哈爾卡拉的瓦妮雅將料理端上桌。

這次同樣是全權交由瓦妮雅負責做菜，而她一如往常展現出高水準的廚藝。

「哈爾卡拉小姐堪稱是最典型的冤大頭，奉勸妳今後千萬別賭博喔～」

「……儘管我只是待在一旁觀摩，不過哈爾卡拉當真是個非常好的負面教材。話說回來，沒想到瓦妮雅妳也能勝任荷官這類工作呢。」

「我只是在唸大學時有趁閒暇之餘練習過啦～來，這是撒上辛香料後以慢火燒烤的帶骨羊排。」

瓦妮雅乍看下是性情隨興，但她其實是個多才多藝的奇女子吧……

身為姊姊的法托菈彷彿看穿我的心思般，立刻透過廣播說：

『我妹妹除了工作以外都挺有一套。』

我認為至少比除了工作以外一無是處的人好多了，但這種人來當公務員當真沒問題嗎？

◇

在法托菈的載送之下，我們平安抵達范澤爾德城。

家人們受到ＶＩＰ級的款待，被帶去其他地方稍作休息。

唯獨我在法托菈和瓦妮雅的帶領之下進入城堡內。看來佩克菈想召見的人只有我。

「陛下開發的東西就位在中庭裡。」

法托菈簡單說明。

「既然說是開發，所以是類似魔導器的東西嗎？」

「您說對了，而且有一部分似乎是使用古代文明魔法。儘管我並不清楚，總之此次開發出來的魔導器，是魔王陛下鍾愛書籍之中的虛構產物。」

沒想到沙沙・沙沙王國的魔法也有參一腳。

算了，反正答案在看見實物後自會揭曉。

我終於抵達中庭。

一臺高度兩公尺左右、外觀狀似機械怪獸的東西出現在我眼前。

「總覺得這東西能從嘴裡噴出火焰！」

以上是我的第一印象。這東西的身體以金屬構成，有著怪獸般的造型，並確實有製作眼睛和嘴巴。

佩克菈與別西卜就站在這臺機械怪獸的前方。

不過別西卜的模樣十分疲倦，明顯是佩克菈的受害者。

「姊姊大人，我已恭候妳多時了！如何？這東西很棒吧？」

「就算聽妳這麼說，這究竟是什麼啊？」

「如妳所見是一尊魔導器蜥蜴。」

「**吼喔喔啊啊啊啊啊！**」佩克菈說完後，魔導器蜥蜴發出吼叫。就連叫聲也很相似。

「嗯～雖然至今滿多章節都有出現魔導器魔物，但這次終於做出實物了！看起來很帥氣吧！」

「**吼喔喔喔喔！**」蜥蜴再次發出吼叫。

老實說是頗吵的。

感覺機器人之類的產物就此誕生到這個世上。

「話說回來，原來那部作品裡有幾段章節曾出現這類魔導器魔物啊……」

「對呀！有太多出色的作品了！」

語畢，佩克菈便跑到機械怪獸（稱之為魔導器蜥蜴過於饒舌，因此我決定在心中這麼稱呼）的背後。

然後捧著好幾本書回到我身邊。看來她已提前做好準備了。

這幾本書的封面都有繪製類似機械怪獸的插畫。

「以魔法技術打造而成的非現實巨型魔物四處作亂！於是正義巨人挺身而出！雖然這樣的故事稍嫌老套，但也因此才引人入勝！」

沒想到在魔物橫行的這個世界裡，也有推出與怪獸相關的作品……

話雖如此，在本來就有鯊魚存在的前世裡，同樣推出許多跟巨型鯊魚有關的電影，所以這也不足為奇啦。

「光靠以往的魔法技術，是無法打造出有如活物般能夠實際行動的魔導器魔物，但在加入惡靈們的魔法之後，終於成功開發出來了。」

別西卜在一旁補充說明。

「儘管並非全憑你們魔族之力製作而成，可是像這樣打造出全新的產物，老實說的確令人欽佩……」

總覺得魔族在應用能力這方面特別突出。

以及實現創意的執行力。

「那個，就算是我們魔族也無法立刻製作出這種——」

「**嗚噗嘎——！**」

機械怪獸再度大叫。

「吵死啦！我們在交談時就別亂叫！」

「咕啊……」

機械怪獸以微弱的聲音做為回應。

「就算是魔族也無法立刻製作出這種東西，本該花費大量的時間……」

別西卜越說越小聲。

反觀佩克菈欣喜地挺起胸脯。

「在魔王的指示下，政府提供源源不絕的補助金給研究機構和大學！在大量的金援之下，相關技術也就蓬勃發展囉～！」

以這種替植物增添肥料的想法來執行當真沒問題嗎……？

但要是沒錢的話，確實無法發展出全新的技術。

說起開發新技術，在某種程度上也算是賭博。畢竟在碰壁的期間根本無法賺錢，如此一來也就無法增加測試次數。

所以提供補助金讓開發能不斷嘗試，想想不失為是正確的做法。

而且這不同於賭博，每一次的失敗理當能更接近成功，任何失敗皆有其意義。

「雖說一開始只是基於佩克菈的興趣，不過像這樣投入資金開發或許是一件好事，感覺可以從中研發出全新的事物。」

「啊，姊姊大人，妳是在稱讚我吧。那請妳摸摸我的頭！」
佩克菈毫不害羞地把頭湊到我面前。
「好、好吧……要是這點小事能讓妳開心的話……」
儘管頗令人害臊的，但我們又不是每天都能見面，稍微這麼做應該無妨吧。
再加上佩克菈顯得十分開心，既然這點小動作就能逗她高興，老實說也算是值得了。
於是我摸了摸佩克菈的頭。
想想這顆小腦袋瓜裡，裝滿了各種小惡魔般的點子耶。
「那麼，機械怪獸也欣賞完了，那就沒我的事囉。」
身為怪獸迷的她想把此物炫耀給人看的心情，我也不是無法體會。更何況成品還是如此高水準，就算不是怪獸迷也想讓人瞧瞧。
「不是的，接下來才要進入正題。」
佩克菈突然說出這種令人不安的話語。
「咦？妳找我來的用意不是只想介紹這個發明嗎？」
位於後方的別西卜依然維持著雙手環胸的姿勢，並對我搖搖頭。
「本次的主題是這個！」
佩克菈從方才那堆封面畫有機械怪獸的書本之中，拿出一本遞給我。

該書的封面是畫著一個人騎在機械怪獸的背上。

其氛圍明顯與其他那些巨大機械怪獸正在作亂的圖畫不太一樣。

「這是什麼？把怪獸當成交通工具嗎？」

「是的，此書的書名為《可以供給魔力嗎？》，內容是描述一名魔法研究學者因為沒錢僱用馬車，於是搭乘自己製作魔導器怪獸踏上旅程，不過魔導器在途中多次耗盡魔力，導致主角在抵達目的地之前吃盡苦頭。」

「記得妳以前也因為看了一本搭乘馬車踏上旅程的書，於是想親身體驗看看那種感覺……看來妳滿喜歡這類與旅行有關的作品……」

記得那本小說的書名就叫做《轉乘鄉間接駁馬車之旅》。

當時佩克菈提議模仿書中內容，單靠接駁馬車前往目的地，無奈參加者的體力過於充沛，最終是直接強行穿過山脈抵達終點。

「對呀！我決定要像《可以供給魔力嗎？》那樣，騎乘這臺魔導器蜥蜴踏上旅程——就只有我們三人！」

在聽見「就只有我們三人」這句話之後，我終於明白別西卜為何會露出如此疲憊的表情了。

無須我開口確認，別西卜肯定已被算進來了……

「妳們兩人把那個拿過來！」

佩克菈說完後，法托菈和瓦妮雅從後頭拖來另外兩臺機械怪獸。感覺這些機械怪獸都非常笨重，不過對利維坦族來說似乎完全不成問題。

總計有三臺機械怪獸排成一列。

「原來它們是交通工具啊……」

「吼喔啊啊啊啊！」「噗喔喔喔喔喔喔！」「啊啊啊啊啊啊！」

機械怪獸一起放聲大吼！當真是有夠吵的！

「我們就騎乘這些蜥蜴，前往距離范澤爾德城有一百七十公里遠，名叫艾佛克的城鎮吧！姊姊大人，請妳多多指教喔！」

「咦、那個……我從頭到尾都還沒有答應要參加——」

「吼喔啊啊啊啊！」「噗喔喔喔喔喔喔！」「啊啊啊啊啊啊！」

機械怪獸再度大叫，直接把我的聲音蓋過去。

「謝謝姊姊！我就相信妳會答應的！」

「抱歉啊，亞梓莎，小女子也被迫參加，不能和女兒們待在一起，所以妳同樣稍微忍個幾天吧。」

佩克菈跟別西卜是以我會參加為前提！

「先等一下，這未免也太倉促——」

「吼喔啊啊啊啊！」「噗喔喔喔喔喔喔！」「啊啊啊啊啊啊！」

因為機械怪獸太吵，害我完全無法說話！

話說它們是故意的吧？

只要我說出任何不恰當的話語，它們就會發出大吼蓋掉我的聲音是嗎？

「事不宜遲，我們趕緊做好啟程的準備吧。」

「起點是第十三凱旋門。把蜥蜴運過去得花上一段時間，我們就慢慢過去吧。」

啊，眼下的情況已由不得我拒絕了……

於是乎，我被迫參加這個匪夷所思的怪企劃。

◇

我們來到被當成起點的第十三凱旋門。

之前看見的三尊機械怪獸已放置於現場，周圍擠滿了來看熱鬧的魔族。

「現場氣氛就跟哪來的慶典沒兩樣！」

「有三個來路不明的東西放在這裡，自然會吸引旁人的目光，而且理由不只是這點。」

別西卜所指之處放了一個這樣的看板。

可以供給魔力嗎？

從范澤爾德城至艾佛克之旅　～魔王陛下心跳加速的奇聞遊記～

「奇聞遊記是什麼意思!?」

還沒開始就保證這趟旅行充滿驚奇，這未免也太詭異了吧？要是途中沒啥看頭就抵達終點的話該怎麼辦？

佩克菈沒有理會我的吐槽，逕自對著聚集的民眾揮手致意。

這樣的對應確實算是頗有君主風範。不管怎麼說，這位魔王終歸很受子民愛戴。

「媽咪～！加油喔～！」

「祝媽媽一路順風。」

「記得要保重身體喔。」

忽然傳來一陣熟悉的聲音。對於女兒們的聲音，我是絕不會聽漏的。

「妳們都來幫我送行呀！」

法露法、夏露夏以及桑朵菈全站在最前排。

其他家人也在附近，看來有幫她們安排在頭等區。

在我走上前去的時候，別西卜早一步衝向女兒們。

「我去去就來，妳們都要當個乖寶寶喔。如果碰上任何問題，都可以去找法托菈跟瓦妮雅商量。」

「喂，別強搶母親的工作啦！」

由於別西卜實在太超過，我一把將她推開。希望她能稍微克制點。

「唔！妳做什麼啦！別打擾小女子和女兒們的寶貴時光！」

「我把這句話奉還給妳！妳好歹也等到我與女兒們講完話再插嘴嘛！」

「妳太貪心囉，明明妳每天都和女兒們相處在一起呀……」

這是哪來的廢話，因為女兒們跟我住在一起啊。

忽然挺擔心別西卜哪天會搬來高原之家同居……

要不然就是開發出可以長距離瞬間移動的技術，她大概會每天都跑來家中報到……

對我而言，移動手段稍稍不便似乎比較好。

就在這時，本該人在附近的芙拉托緹突然不見蹤影。

「喔～有意思，這金屬似乎挺堅固的。」

芙拉托緹開始對機械怪獸上下其手……

「啊～芙拉托緹小姐，這東西禁止觸摸！請妳別再亂碰了！」

瓦妮雅上前制止芙拉托緹。抱歉害她費心了。

「為什麼？摸一下又不會少塊肉。想說機會難得，人家還打算跟這些魔導器比力氣呢！」

「如果弄壞就不得了囉！請妳別當真這麼做！」

假如機械怪獸遭芙拉托緹攻擊，十之八九會變成廢鐵……

「姊姊大人，我們趕快搭乘吧。妳被分配到的是二號車。」

在佩克菈的催促之下，我也爬到機械怪獸的身上。仔細觀察，這些怪獸正面貼有一個寫上數字的徽章，不禁讓人聯想起出租用自行車。

「真的耶，從後側觀察確實有駕駛座。」

機械怪獸的背部有駕駛座，而且有設計座椅。另外還安裝了一個類似舵輪的東西，我想這應該就是方向盤吧。

「請先不要亂壓主魔法源，因為一旦壓住主魔法源，它就會開始往前移動。至於速度是透過背上的桿子來控制，若想停止前進就踩下腳邊的那根橫桿。」

「啊～嗯，我差不多知道該如何駕駛了。」

操作方式比想像中更接近汽車。

其實我在前世是有汽車駕照的。

但我鮮少駕車上路，可說是貨真價實的開車新手。

不過這世界裡並沒有汽車存在，所以我上路時稍微當心點應該就沒問題了。

話說目前還不清楚機械怪獸的速度能達到多少，倘若一啟動就以高速公路狂飆般的速度暴衝，將會引發嚴重事故……只能祈禱不會出現這種情況了。

「舵輪旁能看見幾個按鈕，妳可以隨意按下其中一個試試看。」

「嗯，知道了。」

按下按鈕。

『把世界～籠罩於黑暗之中～大家就此合而為一～♪』

突然開始播放音樂！

「而且是佩克菈在當歌手時曾經唱過的歌！」

「按下這些按鈕就會播放音樂，姊姊大人隨時都可以聽我唱的歌喔！」

「感覺魔族很喜歡添加各種無關緊要的功能耶……」

在我搞清楚操作方法後，法托菈像個司儀般開口說：

「啊～非常感謝各位百忙之中撥空蒞臨現場，此次是多所大學和企業進行學術合作，打造出這三尊魔導器蜥蜴——」

「噗喔喔喔喔喔喔喔喔喔喔喔！」

機械怪獸張嘴大吼蓋過法托菈的聲音。

明明我並沒有亂按按鈕，怪獸竟突然擅自亂叫。我個人認為還是採用沒按下按鈕就不會亂叫的系統會比較好……

「從范澤爾德城至艾佛克約有一百七十公里，途中有多個——」

「吼啊啊啊啊啊啊啊啊啊啊！」

機械怪獸再次大吼蓋過法托菈的聲音。

「別西卜，不能讓這東西別亂叫嗎……？」

「小女子也不太清楚，但依法似乎不能這麼做，原因是太安靜的話，將無法讓旁人得知它正行駛在路上。」

大概是行駛中的車輛如果過於安靜，可能會發生危險吧。

「**吼喔**～～～～～～～」這次是佩克菈的機械怪獸發出咆哮，害我完全聽不見法托菈在說什麼。

「——解說至此告一段落，感謝大家保持安靜仔細聆聽。」

這哪裡有保持安靜了。

「那就出發囉，姊姊大人，別西卜小姐！」

佩克菈按下主魔法源鈕，她所駕駛的機械怪獸便開始移動。

好，那我也啟動。

「按下按鈕。」

機械怪獸就此邁開步伐！

機械怪獸（此魔物的正式名稱為魔導器蜥蜴）飛奔疾走於范澤爾德城的市區內。

把這當作是開車兜風倒是挺愉快的。

但我很快就驚覺不對。

「這也晃得太嚴重了吧！」

身體隨著沉重的腳步聲左搖右晃！

「我本以為這跟車子一樣，但行進方式與車子天差地遠！上下震動得非常厲害！」

「那還用說，這蜥蜴是靠兩隻後腳往前跑，行進時自然無法像具有車輪的馬車那般平穩。」

「我能理解別西卜妳想表達的意思……但我認為與其光靠兩條後腿來奔跑，倒不如加上兩隻前腳爬行不是更好嗎……？不對，乾脆打從一開始就在腳底加裝車輪如何……？」

如此一來，我相信坐在上面也不會晃成這樣。

「那可不行！真要說來是不能納入考量，因為那樣一點都不浪漫。」
佩克菈氣呼呼地鼓起雙頰。
「浪漫？難道這裡頭有著業界必須堅持的理念嗎？」
問題是這種機械怪獸在此世界是首度出現，根本沒有所謂的先例吧？
「在《可以供給魔力嗎？》這部作品裡，主角就是搭乘雙腳步行的魔導器來移動的！若是不遵照原著就毫無意義了！」
「意思是單純只想遵照原著嗎!?」
「反正這點程度的搖晃，一段時間後就會噗呼！唔唔……」
別西卜說到一半便止住話語。
「可惡……咬到舌頭了……」
「看吧！馬上就鬧出實質傷害了！」
「姊姊大人想聊天是可以，但最好別左顧右盼，尤其是拐進巷子時要當心突然竄出的行人喔。」
原來如此……想想這世界沒有交通號誌，真的得要小心駕駛才行。
這東西的時速大約是二十公里，希望整趟旅程都別釀成意外。
順帶一提，路邊兩側擠滿了看熱鬧的魔族。
「這情況不禁令我想起宿驛站接力賽。」

「這活動再怎麼說也是魔王陛下親自參加，而陛下的人氣始終居高不下。」
「謝謝各位～」佩克菈不停向路邊的民眾揮手致意。
或許這並非單純的出遊，而是想順便遊街慶祝吧。
國家元首搭乘神奇的交通工具在街上遊行（嚴格說來是狂奔），想想還挺勁爆的。
「在《可以供給魔力嗎？》這部作品裡，同樣有許多人爭相來看熱鬧喔～看現場的情形是如此盛況空前，真高興有符合原著呢！」
「別為了忠於原著才吸引大家來觀賞啦！」

因為一開始是行進於市中心，在人群密集的狀態下，我們無法讓速度太快，但在接近郊區以後，自然能漸漸加快速度。
再加上道路變得寬敞，有越來越多路段能讓兩臺或三臺機體並排行駛。
「喔～雖然算不上是愜意……但至少比之前痛快多了。」
至於搖晃的問題與其說是已經習慣，不如說是死心放棄了。
畢竟搖晃就是這個交通工具的特色。
「說得也是，若要挑剔的話——就是飛在天上比較快。」
想想別西卜身上長有翅膀，可以直接在天上飛。
雖說我可以飄在空中，但是速度有點慢，反觀別西卜是輕輕鬆鬆就能以遠比機械怪獸快上許多的速度四處移動。

「二位請就此打住！不准說什麼自己用飛得還比較快！因為那樣一點都不浪漫！而且違背了原有的浪漫！」

魔王再度提出糾正。

「聽好囉，原著裡的主角是買不起馬車，迫於無奈才開發魔導器，所以速度比不上馬車也是情有可原。」

關於設定方面，佩克菈還真是絕無一絲妥協。

「魔王陛下，小女子認為既然都能打造出這種魔導器，早就有錢買馬車了。也不想想開發這東西都花了好幾億。」

「別西卜小姐！不許提出這種太符合現實的吐槽！這可是身為一名大臣不該有的發言喔！」

佩克菈又一次提出糾正。

「如果搭乘飛龍，的確只需要兩個小時左右就能抵達艾佛克！旅程在轉眼間就結束了！但是故意像這樣放慢步調也有其益處，正因為速度較慢，才能夠注意到搭乘飛龍移動時容易忽略的部分！」

這個論調就類似於某些人認為比起新幹線，搭乘一般電車旅行可以欣賞更多從沒見過的風景。

「唉……儘管小女子依舊無法理解搭乘這種交通工具的必要性，但既然陛下您如此堅持，那就自有您的道理。」

「別西卜小姐，我相信妳終有一天會明白搭乘速度較慢的魔導器來移動是有其——」

佩克菈的機械怪獸忽然大幅向前傾！

然後就這麼往前倒！

「等！佩克菈！妳沒事吧!?」

只見機械怪獸將雙手（準確說來是前腳）往前一伸，下一刻竟以四輪（？）的方式往前行駛。

「它明明就可以用這種方式奔馳啊！」

「對呀，因為它也具備這種移動模式。」

不過前進一段距離後，又變回原本的雙腿步行方式。

「呼~真危險，它剛剛被高低差絆到腳了。但即使真的跌倒，也能像剛剛那樣來輔助移動，這設計很棒對吧？」

「既然如此，小女子認為最初就不該採用雙腿步行的移動方式。」

「那個……我投別西卜一票。」

旅行時特意放慢腳步的論調是沒什麼不妥，問題是刻意採用怪獸的移動方式就毫無意義了。

「妳們兩人根本不懂何謂浪漫！今後得將浪漫列為必修項目！姊姊大人不懂浪漫可是一大問題喔！」

因為機械怪獸就是要透過奔跑來移動，佩克菈的怨言就這麼飄入我的耳中。

想想這種聽人說話的方式也莫名令人懷念。

我們向著市區外圍前進，在花了很長一段時間終於穿過巨大到十分雄偉的城牆，就此離開市區。

剛步出城牆時還能看見綿延的民宅，之後就來到一片遼闊的農地。

「喔，終於來到郊外了。」

「嗯，這裡有農務省負責管理的農地，附近周圍都算得上是小女子的工作地點。」

別西卜基於職業關係，確實需要大片的農地來進行實驗。

就在這時——佩克菈的機械怪獸發出「咻~~~~~~~~~~」這種聽似氣球洩氣的聲音。

緊接著輪到別西卜的機械怪獸發出相同的聲音。

「這是什麼聲音？聽起來很像是它們提不起幹勁耶。」

「啊~是它們的魔力快耗盡了~如果沒進行補充就跑不動了。」

所以這是採取手動補充式的動力系統。想想令佩克菈產生如此構想的那本書，書名就叫做《可以供給魔力嗎？》……

儘管我是知道構想的由來——

「咦!?我們才剛離開范澤爾城沒多久……就已經耗光魔力了嗎……？」

「是的，雖然按照本國的技術能做到每一百公里才需要補充一次魔力，可是為了忠於原著，便設計成每跑二十公里就會耗盡魔力。」

「這種忠於原著的方式一點好處都沒有！」

「姊姊大人，我們的蜥蜴已經停止運作了，拜託妳幫忙尋找補充魔力的地方。」

佩克菈彷彿理所當然地對我下達指示，問題是壓根沒人跟我解釋過這件事。

「我要去哪裡尋找魔力呢……？」

佩克菈指著她那微微張開的嘴巴。這是什麼意思？

「魔導器蜥蜴會將攝取的食物自動轉換成魔力，所以請妳幫忙尋找願意提供食物的民眾吧～！」

佩克菈與別西卜的機械怪獸似乎已耗光動力（確切而言是魔力），在漸漸變遲鈍後完全靜止不動。

「為何只有我的還能夠行動？」

「加減速的次數越少就越能夠節省魔力，沒想到妳的駕駛技巧還頗有一套呢。」

理論上類似於駕車技巧越好就越省油……這表示我雖然是個開車新手，卻仍懂得活用駕車技巧吧。

「小女子和陛下會徒步追上妳，妳就先沿路尋找商家或民宅吧～！」

「不會吧……居然由我負責交涉……」

這下只能向附近居民索取一些食物了。我覺得讓身為魔王的佩克菈出面會最省事，但眼下也只能這麼做了。

不過我很快就驚覺大事不妙。

這裡可是罕無人煙的郊外。

放眼望去是一棟民宅也沒有。

只能看見一大片不知是種植什麼東西的農地跟道路而已……

「傷腦筋……在城鎮裡還有辦法解決，不過這種地方是要我去哪找……？這樣的話倒不如在出城前先補充魔力才對……」

反正魔導器並非生物，把石頭或土壤放進機械怪獸的嘴裡不能轉換成魔力嗎？

不……那樣恐怕會壞掉，最好還是別那麼做。

而且它們的模樣很像生物，假如可以還是希望能餵食正常的食物。

接著我的機械怪獸也發出「咻～～～～～～～～～～」的聲音停止運作。即使我操作時盡量節省燃料，但終究只能控制在誤差範圍內。

「接下來該怎麼辦……？」

我自機械怪獸的身上跳下來，並從它的背後往前推，機械怪獸的雙腿隨之邁出步伐前進。

這感覺近似於推著腳踏車往前走。

「難道真的沒有商家嗎……完全沒有嗎……」

就在這時，一旁的農田有東西在動。

原來是一位頭戴帽子、有著異色瞳的魔族農夫，他似乎正在工作，所以才蹲在那裡。

「嗯？那是什麼？最新的稻草人嗎？」

「不是的，你誤會了。」

對方主動向我攀談，眼下也只能抱著死馬當活馬醫的心情問問看了。

「不好意思，我們正使用這個魔導器要去某個地方，可是它已耗光魔力，為了補充魔力，請問能跟你要點食物嗎？」

儘管這要求過於厚臉皮，偏偏繼續這麼推動機械怪獸前進，天曉得何時才能夠找到商家。

「雖然不明白是怎麼回事，不過需要食物的話就拿去吧。」

啊，這真是幫了大忙！簡直就是在地獄裡遇見佛祖！不，是在地獄裡遇見魔族！

「不過我家離這裡很遠，這些作物適合嗎？畢竟收成多到夠我拿去賣，至於那些外觀有瑕疵無法販賣的作物，妳想拿多少都沒關係。」

「那個～……我想有這麼多就足夠了。話說你在栽種什麼呢？」

魔族農夫抱起一個巨大的球狀物。

這東西以綠色為主，並有著獨特的線條紋路。

「這是葫蘆的近親，味道還挺甜的。」

原來是類似西瓜的農產品。

魔族農夫將那顆比自己的臉還大、狀似西瓜的農產品搬到道路上——然後毫不手軟地砸向地面。

球狀物應聲裂開，裡頭的紅色果肉隨之暴露在外。這果然是西瓜的近親。

「來，這樣就可以吃了。」

「食用方式也太豪邁了吧！」

「因為拿刀切很花時間。來，妳就儘管拿去吃吧。」

我立刻將手掌大小的果肉放入機械怪獸的嘴巴裡。

「唔～～～～～」

機械怪獸再度發出脫線的叫聲，接著不斷晃動尾巴。

「瞧它發出奇怪的叫聲，所以這樣有補充魔力了嗎？」

「我也不太確定，但應該沒問題了！」

仔細一看，舵輪旁邊有個類似油表的圖示，每當餵食果肉就會跟著上升。照此情形來看，確實有在補充魔力才對。

在我幫機械怪獸的魔力補滿時，跟在後頭的兩人終於追上來了。

「姊姊大人，有找到食物了嗎～？」

「多虧有這位先生的幫忙喔～！」

順帶一提，待在旁邊的魔族農夫在見到佩克菈之後，嚇得大喊說：「是魔王陛下！」

也難怪他會這麼驚訝……畢竟是魔王親臨這裡……

在這之後，我們把狀似西瓜的農產品拿去餵食機械怪獸——

自己也跟著品嘗這些很像西瓜的農產品。

「嗯！真美味呢！」

「魔王陛下，這鮮血瓜的甜度真高呢！」

名稱也太可怕了吧！

「不過這的確很好吃，是個又甜又多汁的西瓜呢。」

「西瓜是什麼？這東西叫做鮮血瓜喔。」

這東西在我的認知裡就是西瓜，所以我希望把它稱作西瓜。

「這位先生，真的是非常謝謝你，而且連我們也跟著接受款待。」

我隆重地向對方道謝。

如果沒遇見他，這趟旅途就會陷入困境。

「這位小姐客氣了，反倒是讓魔王陛下品嘗這種屬於瑕疵品的鮮血瓜，真是令我不勝惶恐……」

魔族農夫驚恐地縮著身子。

「請別這麼說！這東西真的非常可口喔～！」

「嗯！更何況這些瑕疵品就只是外觀獨特，味道本身完全沒問題。純粹是該呈現尖刺狀的部分沒有突起，於是整個變成圓形罷了。」

「這作物呈現圓形反倒屬於瑕疵品啊……」

總而言之，拜這位親切的農夫所賜，我們的機械怪獸才得以順利補充魔力。

「此次真是謝謝你，這是魔王親筆寫的感謝函，要是你不嫌棄的話就請收下吧～」

佩克菈遞出一張看似獎狀的東西。

「感謝陛下的恩賜！」農夫畢恭畢敬地收下謝禮。

我們再度駕駛機械怪獸上路。

三臺機械怪獸發出類似警報的吼聲。
那就繼續趕路吧！
在我們重啟旅程沒多久時，佩克菈歪著頭說：「儘管早已料到會發生這種事，但還是有點不妙呢～」
「有什麼不妙的嗎？」
「由我去拜託對方提供食物，感覺上會嚇到對方，所以接下來就有勞姊姊大人和別西卜小姐負責交涉囉。」
看來魔王想要享受旅行的樂趣頗有難度呢。
「好的，這部分就儘管交給我們吧。」
在這之後，我們順利往前移動不少距離。
接著剛好發現一間小小的茶館，我們就在那裡休息片刻。至於機械怪獸則是藉由喝水來補充魔力。原來光是喝水也能獲取一部分的魔力呢。
後續的旅途順風順水。
看著逐漸西下的夕陽，不過我們應該還能再多趕點路。
「之前說過這點搖晃會慢慢習慣，而我現在已經完全不放在心上了。」
機械怪獸無論魔力全滿或即將耗盡，都會不斷發出響亮的腳步聲往前奔跑。
「就是說呀～這樣確實十分有原著的感覺呢♪」

「想想佩克菈妳的評分標準，一直都有沒有符合原著呢……」

「對呀，畢竟我完全沒機會體驗這種奇妙的旅行喔。」

佩克菈的語氣裡並沒有一絲難過，卻頗令我在意。

沒錯，佩克菈是魔王。

這麼一來，即使想體驗逍遙自在的旅行應該也難以成真。

當然未必大家都會想以這種方式旅行，諸如對於旅行不感興趣，不介意一輩子都待在居住地的大有人在。

不過，對自己完全無緣的事物心生好奇是人之常情。

包含之前搭乘鄉間接駁馬車遠行那次也一樣，佩克菈似乎十分憧憬這種以獨特方式出遊的旅行。

「佩克菈，雖然不能過於頻繁，但假如這樣能讓妳開心的話，我很樂意奉陪喔。」

反正一路上既沒危險又不會多辛苦，更何況她還把我當成姊姊呢。

「這是真的嗎？姊姊大人，既然妳已經答應我了，那就不許反悔囉？」

佩克菈開心地雙眼發亮。

「妳放心，只要別超出我的能力範圍都沒問題。」

「真是的，妳這個人就是那麼天真。」

別西卜對我露出相當傻眼的表情。因為我對操縱機械怪獸已是駕輕就熟，現在還有餘力邊駕駛邊確認兩人的反應。

「又沒關係，總比一板一眼好多了呀。」

「妳像這樣輕易與魔王陛下許下承諾，之後只會自討苦吃。基於經驗上的差距，小女子在這方面可是比妳熟悉多了。」

畢竟她是農業大臣，與魔王的交情自然比我長，但也沒必要針對這點貶低我吧。

「這算不上是自討苦吃呀，我又沒打包票說願意幫佩克菈實現所有的心願。只不過是駕駛怪獸……不，是駕駛魔導器蜥蜴踏上旅程，而且距離也沒遠到必須花費個幾十天嘛。」

但別西卜還是顯得不太放心，露出警戒的表情說：

「這是一段輕鬆的旅行——小女子懷疑光是抱持以上想法就已經落入圈套，誰叫小女子至今是多次被魔王陛下的心血來潮給整得死去活來……」

「那、那個……關於妳因此吃了不少苦頭的部分，我倒是不否認啦。」

單就我所知道的範圍內，別西卜曾被佩克菈逼著去從事類似偶像歌手的工作。

「想想別西卜小姐再也不敢輕易答應我的任何請求呢～看來她在這方面的教育是以失敗收場。」

佩克菈似乎早就習慣被別西卜這般數落，把方才那些話全當成耳邊風。

意思是她十分信賴別西卜，就算被臣子隨口諷刺也不會放在心上。

「那麼～希望能在今天之內享受到這趟旅途的醍醐味呢～」
佩克菈加快速度往前奔馳。
因為是駕駛機械怪獸，產生的腳步聲自然震耳欲聾。
「太陽已經快下山了，是時候該找個地方過夜囉。」
道路兩旁生長著茂盛的樹木，看似來到了山坡路段。
「就是說呀♪」

奇怪，總覺得佩克菈剛剛有露出小惡魔般的笑容。

因為佩克菈位於前方，我無法看清楚她的表情。
「唔……魔王陛下方才好像有露出小惡魔般的笑容……」
別西卜一臉疲倦地說著。
「妳也看到啦，其實我跟妳一樣。」
「小女子有股不祥的預感，我們恐怕被算計了……」
「被算計？我們是三人一同旅行，假如當真出事，佩克菈也會受牽連吧？」
「若是陛下將這部分也納入考量，那就不成問題了……奇怪，究竟會出什麼狀況呢……？」

別西卜全面提高警戒。畢竟她和佩克菈相處的時間遠在我之上。

我們走到坡度越來越陡的山路上。

受坡度影響，機械怪獸的行進速度逐漸變慢。

而且還有另一個棘手的狀況——

「魔力耗損量明顯加劇了……」

「畢竟這裡是坡道……比起平地會消耗更多魔力……」

這麼說也對。

咦？

再這樣下去——我們會在山中耗光魔力吧？

就在此時，位於前方由佩克菈駕駛的機械怪獸發出了「咻～～～～～～～～」類似之前那種耗光魔力時的洩氣聲。

「哎呀呀～因為開太快導致魔力提前耗盡了，那就請妳們好好加油囉～」

佩克菈對我們揮揮手如此說著。

我莫名感到一陣惡寒。

佩克菈肯定在打什麼歪主意。

比方說剛剛她是故意獨自衝在最前面，使用容易耗盡燃料的方式駕駛，藉此引發唯獨她先耗盡魔力的情況……？

「亞梓莎，這下就只能硬著頭皮上了。」

別西卜露出一個放棄掙扎、做好覺悟的表情。

「眼下唯一的應對方式，就是堅信魔導器繼續往前能找到適合過夜的地點……即便目前身處在絕無可能找到這種地點的環境之中……」

「咦，妳這麼說是什麼意思……？」

「就是小女子字面上的意思。這附近十之八九沒有旅店，若是搭乘馬車，應當可以一口氣前往下個城鎮過夜……偏偏這臺魔導器勢必會在途中耗盡魔力……」

呃……

「妳們沒有先預約好哪間旅店嗎？」

「當然沒有，因為魔王陛下表示尋找過夜地點也是那部小說的醍醐味……所以小女子懷疑陛下是故意讓魔導器在這種罕無人煙的地方失去動力……」

於是乎，別西卜的擔憂成真了。

我跟別西卜的機械怪獸陸續在偏僻的山路中停止運作。

而且太陽已完全下山，四周相當昏暗。

「怎麼辦……？從剛剛到現在都沒看見任何民宅……」

「我們就只能繼續前進，畢竟現在折返也無濟於事……直到發現能過夜的地點以前，我們唯一能做的事就是推著魔導器往前走……」

我和別西卜徹底被佩克菈玩弄於股掌之間！

由於現在不能停下腳步，因此我們推著各自的機械怪獸走在山路上。

這段期間，機械怪獸不時就會發出「吼喔～～！」的怪叫聲。

「吵死啦！別亂叫！既然魔力已經耗盡就給小女子乖乖閉上嘴巴！」

我能體會別西卜想發怒的心情，畢竟推著東西上坡真的很累人……

「明明能製造出魔力儲存量比現在高出五倍的機體，魔王陛下卻堅持維持原案，早知道就針對這點打破砂鍋問到底了。事實證明陛下就是想營造出這種情況……」

「是啊，像這樣只靠自己推著魔導器往前走，想想還挺落魄的。」

可說是在絕佳的時機耗光動力。

「話說回來，這條坡道還有多長呢？」

「還得走上一段時間……如今回想起來，應該就連這條路線也都在魔王陛下的算計之中。」

「此話怎說……？」

「這坡道單看直線距離是最短路徑，問題是一旦在途中耗盡魔力，就會變得非常難走。倘若放棄穿過這條山路改走其他路線，雖然得繞一大段遠路，不過沿途都有民宅或商家，即使魔力用光也容易處理，重點是還會經過旅店。偏偏陛下就專挑這種完全得不到幫助的路徑來走。」

換言之——

「就算我們不斷推著魔導器往前走，也找不到任何旅店或民宅囉……？」

別西卜點頭以對。

「這個臭魔王……！怎麼會想出如此邪惡的點子……其目的根本就是為了欣賞同行者痛苦不堪的表情吧…………！可是這對佩克菈來說也一樣吧。」

「所以小女子才提醒妳別太寵魔王陛下，陛下的行動理念是『追求樂趣』而非『追求輕鬆』……」

再有下次的話，我得提高警覺才行。

在走進一片陰暗的森林時，我忽然注意到一件事。

「這附近有山賊出沒嗎？總覺得此處看起來怪嚇人的……」

以人族的國度而言，在這種地方走夜路是危機四伏，尤其是商人會徹底避免這麼做。

「山賊？關於這部分是完全沒問題。」

別西卜隨即如此斷言。

「太好了～果然魔族境內的治安相當不錯。」

別西卜伸手指著前方。

注意有超大型巴西利斯克出沒！
禁入草叢！以防地獄蛇！
空中有食屍鷗翱翔！

「這片區域並不適合山賊生存，要是有能耐定居在此的話，無論去哪裡都有辦法找到工作的。」

「意思是這裡有更危險的東西出沒啊！」

並非不會碰上山賊就沒事啦。

「安啦安啦，就憑妳和小女子是絕不會打輸這些廢物的。假如真有巴西利斯克來襲的話，反倒能當成食物讓魔導器補充魔力。」

「聽起來就很可怕，拜託妳別說了。」

趕跑牠們是可以，抓來做成飼料就有點……

「為什麼？弱肉強食乃是自然界的定律，既然牠主動來犯又敗下陣來，其命運當然由我們決定。」

別西卜在這方面是完全不留情面……

前方傳來一陣窸窣聲響。

只見一頭體型足以稱為怪獸的巴西利斯克衝了出來！

牠的外表基本上與巨型蜥蜴差不多，卻是用兩腿站立，而且雙腳近似於雞爪。

——可是巴西利斯克在看清楚我們之後，一臉驚恐地逃之夭夭……

「這反應真叫人火大！我們又不是哪來的怪物！」

「看在那種程度的野獸眼裡，妳和小女子堪稱是如假包換的怪物……牠憑直覺就明白自己根本惹不起……」

幸好我們的等級都很高，假如在等級很低的情況下被迫走這條路，我一定會認真向佩克菈提出抗議。

在這之後接連有巴西利斯克與蛇竄出來，但牠們全都露出一副抱歉惹錯對象的樣子馬上溜掉了。

甚至有一頭巴西利斯克叼著果實來到我們面前。

「那個～……這是要送我們的嗎……？」

巴西利斯克點頭如搗蒜。看來是特地拿來獻給我們的。

「牠似乎想透過這些果實，懇求我們別在這片土地上肆虐作亂。」

「為啥反倒是我們被當成山賊嘛！」

「無妨，反正這樣也幫了我們一個大忙。」

語畢，別西卜的肚子隨即發出「咕嚕～」的聲響。

儘管引來這種令人遺憾的誤解，卻讓我們順利取得晚餐。

「佩克菈到現在都還沒追上來，我們先吃晚飯真的沒關係嗎？」

「根據小女子的猜測，魔王陛下是故意這麼久都還沒過來，而且陛下當真緊跟在後的話，就會在我們用餐時前來會合，所以留些果實給陛下即可。」

「說得也是，那就暫且休息一下吧……」

我們用火焰魔法將果實烤熟。雖然不清楚這裡是否適合生火，但既然這是陪伴魔王出遊的過程之一，相信其他人會諒解的。

「啊，這果實在加熱之後挺美味的。」

「是啊，在小女子的故鄉裡，有些攤販還會把這種果實拿來當作商品。」

別西卜果然對農林方面知之甚詳。

「對了，妳的故鄉是在哪裡呢？」

「唔……咳咳咳咳……嗯～在哪呢？小女子想不起來耶……」

「妳這藉口也太假了吧！如果不想透露也沒關係，但妳肯定是來自富貴人家吧？要不然哪有辦法登上這麼高的地位。」

「唔……對啊對啊……小女子從以前就身分高貴……」

別西卜顯得非常動搖，難不成她跟老家鬧翻了？

之後再拜託法露法和夏露夏幫忙打聽消息，相信她在面對我家女兒們時很容易鬆口。

不過強行挖出對方的祕密似乎有些不妥。

「佩克菈怎麼還沒過來？她該不會獨自先去旅店休息了……？」

「不會有這種事的，畢竟魔王陛下想以一介參加者的身分從中獲得樂趣，因此她絕不會這樣使詐，肯定是以非常緩慢的速度在前進。」

「可是這麼做有何意義？」

說起這趟機械怪獸之旅，出乎意料演變成必須在野外過夜。

像這種不知道接下來會發生什麼事情的旅行，我多少能體會是挺有意思的。

「話說這果實真好吃，雖然我不知道它的名字，不過味道頗像高級堅果。」

「剛剛那頭巴西利斯克拿了一些看似挺美味的樹果過來，也許就是想當成見面禮吧。說起這附近的巴西利斯克，有著拿食物送給同伴當禮物的習性。」

「意思是我們果然跟山賊沒兩樣……」

於是我們悠悠哉哉地等待佩克菈前來會合。

就在這時，忽有全新的可怕敵人衝了過來。

耳邊傳來一股「嗡～～」的聲響。

「這是魔導器蜥蜴的叫聲嗎？」

「不對，魔導器蜥蜴不會發出這種叫聲。」

隨即有一大群昆蟲飛向我們！

「嗚哇啊！這是怎麼回事!?明明我們推著魔導器移動時都沒見到昆蟲啊！」

「牠們之所以群聚過來！都是因為被火光吸引！」

原來是對亮光有反應啊……

「別過來！再接近會很危險喔！快去旁邊！」

我稍微發動火焰魔法。

藉此威脅說再接近就會被烤焦。

偏偏這些蟲子無動於衷，就這麼成群結隊撲過來！

「完了完了！」

「奉勸妳別張開嘴巴！以免蟲子衝進嘴裡！」
「啊，我想到一個好主意了。」
我邊說邊發射火焰。
「是嗎？那妳趕快嘗試看看！」
「別西卜妳是蒼蠅之王吧？妳能命令牠們去別的地方嗎？」
「妳是在調侃人嗎!?小女子的父母可不是蒼蠅喔！」
行不通啊，虧我還以為這是個好主意呢。
別西卜施展颳起風雪的魔法想驅除蟲子，無奈這些蟲子仍源源不絕地衝上來。
「明明就是些小蟲子卻這麼死纏爛打！高原之家附近可沒有這種東西喔！」
「魔族境內的蟲子都特別有活力，總之小女子決定先撤退了！」
別西卜快步衝進森林裡。
雖然我也想逃跑，偏偏沒人曉得森林裡又會有什麼東西……
即使我被譽為世界最強，卻對這些蟲子完全沒轍！
不，想想人生在世就是這樣，縱使再強悍的格鬥冠軍，碰上鋪天蓋地而來的蟲子也會吃不消……原因是兩者在類型上的差異實在太懸殊了。
「施展火焰反而會越聚越多嗎？那我就改用風魔法……」
我射出一道小型龍捲風。

這招似乎非常有效，只見蟲子們立刻被吹散。
「好！看我的連環龍捲風！」
我一連施展五次小型龍捲風，再難纏的蟲子也全被吹跑了。
「呼～呼～……感覺好久沒一口氣使出這麼多次魔法……」
拜託別再有東西來鬧場囉。即使肉體毫髮未損，精神卻受到不少傷害，現在的我只想暫時喘口氣。
但這次換成草叢處傳來窸窣聲。
是什麼？巴西利斯克嗎？因為聽見騷動跑來看看情況？
倘若跳出一隻超巨型蜘蛛，我就會不加思索沿著原路往回跑，理由單純是我很怕蜘蛛……
我做好隨時能夠溜之大吉的準備，耐心等待製造聲響的主人現出原形。
結果竟是一頭巨大無比的鹿——以及騎在牠背上的別西卜。
「這頭鹿騎起來比想像中更舒適呢。」
「妳當自己是這座森林的主宰啊！」
話說這頭鹿的鹿角異常巨大，彷彿顛倒過來的水晶吊燈。以生物而言，這應該是搞錯進化方向了。不過鹿的體型十分壯碩，完全能輕鬆載著別西卜到處跑。
「牠叫做搞錯進化角長太大鹿。」

「想想魔族在替動物命名時都還頗失禮了……」

「另外這種鹿聽得懂人話，是個挺聰明的生物，乾脆騎牠越過這座山吧。不，別說是越過這座山，即使直奔終點也沒問題。」

居然現場調度代步工具！

瞧這頭鹿如此巨大，肯定能輕鬆送我們一程，重點是不必擔心何時會耗盡魔力……

「那邊還有其他鹿，亞梓莎妳要不要也找一頭來騎啊？」

「那我就恭敬不如從命囉……」

我一穿過草叢，立刻看見許多體型跟馬差不多大的鹿。

我試著跨上其中一頭，只見牠完全不抵抗。與其說牠們很親人，不如說是非常友善。

「不錯喔，感覺挺有意思的。」

我騎著鹿接近別西卜。

「這些鹿似乎明白載人移動的話，就能從對方那裡拿到食物，因此牠們會載送受困於山中的旅人前往附近村落，藉此獲得高級糧食吧。」

「按照這鹿的反應，我覺得妳並沒有猜錯。」

話說回來——

騎鹿還挺好玩的。

與騎馬的感覺不太一樣，又沒有機械怪獸那麼搖晃，而且那圓滾滾的眼睛也相當可愛。

「聽著，小女子願意以農業大臣的身分保證，若是肯載我們前往艾佛克的話，你們想要什麼都沒問題。」

別西卜像是發表聲明似地大聲宣布。

我原以為雙方語言不通，結果這群鹿忽然聚在一起，狀似正在開會。

「這群鹿挺聰明耶……」

「也只有聰明的生物才有辦法在這種嚴苛的環境中生存下來，笨蛋是還沒拿到食物就先消失了，而這就是所謂的弱肉強食。」

這段發言還真露骨……

片刻後，這群鹿走向我們，並宛如點頭般低下頭去。

「這就算是達成協議囉。」

「牠們當真非常聰明呢！」

在看完鹿的反應之後，我漸漸對牠們產生好感。

「接下來騎鹿踏上旅途感覺應該還不賴，或許會成為一段不錯的回憶——」

「不行！像這樣在中途改變規則可是犯規喔！」

一股清脆的聲音迴盪於森林間。

佩克菈很守規矩地推著機械怪獸追了上來。

「啊，佩克菈，妳終於來了。」

「魔王陛下，您遲到了，即使是散步也太慢了。」

「瞧妳們說得事不關己！我可是欲哭無淚地孤單一人走在昏暗的山路上，並十分費勁地推著魔導器往前走，當真是既辛苦又落魄喔。」

佩克菈忍不住大吐苦水——

「因為妳臉上的笑容過於燦爛，所以沒什麼說服力喔。」

那神情與順利登頂的登山客毫無分別。

「這可是成功重現原著橋段，魔導器在荒山野嶺之中失去動力而陷入重大危機呀～」

這感想簡直就是在享受哪來的遊樂設施。

「另外憑佩克菈妳的能耐，完全有辦法以飛奔的速度推著魔導器行走，哪可能會多費勁嘛。」

我和別西卜也能做到這點，問題是我們必須等佩克菈跟上來才沒有這麼做，畢竟距離差太遠將難以會合。

「不行！一般人是無法達到那種速度的！請姊姊大人別說這種會破壞氣氛的發言！」

真是個對設定相當挑剔的魔王耶……

「我在沿著這段坡道往上走的期間可是感到十分害怕，擔心要是碰上山賊的話該如何是好。」

「這附近根本沒有山賊出沒，小女子理當早已把環境調查報告交給您了。」

「而且途中還碰上巴西利斯克和蛇喔～」

「即使真被您碰上，牠們也馬上就嚇跑啦。」

「別西卜小姐，請妳別再扼殺浪漫好嗎!?」

依照佩克菈所提出的反駁，恐怕全被別西卜給說中了吧。

「我有一個夢想，就是在搭乘魔導器旅行時，不巧於翻山越嶺的途中耗盡魔力……在前方道路不知還有多遠的情況下，賣力地推著魔導器往前走，就此陷入求助無門的窘境……即使不斷尋找民宅發出的亮光，卻還是沒能如願……而這就是《可以供給魔力嗎？》的精髓所在喔！」

佩克菈雙眼發亮地高談闊論。

這孩子的本性完全就是個阿宅……

「就算妳這麼說，沒看過那本書的我是完全無法理解。」

「那妳稍微試著想像一下，假如這趟旅途都不曾陷入危機，縱使耗盡魔力也一點都不頭疼，就這麼順利抵達目的地的話，以一部故事而言肯定非常無聊吧。因此必須陷入危機才行。」

「但這種刻意安排的危機不算是危機吧。」

「啊～啊～啊～我什麼都聽不見。總而言之，我們就這麼繼續踏上旅程。直到穿過這條山路之前，我們都得欲哭無淚地推著魔導器往前走！」

既然要欲哭無淚，請不要如此神采奕奕地說出來啦。

「如果走太慢可是會拖到隔天喔，這些鹿也答應載我們一程了。」

「這種時候豈能中途更換其他代步工具！這就跟當初說好是搭乘接駁馬車旅行，卻在中間換乘飛龍！怎麼想都不行呀！而且不能把魔導器丟在這裡！」

的確把機械怪獸留在此處，就等於是路邊亂停車了（？）。

「魔王陛下，小女子提出的折衷方案是全力推動魔導器趕路。如此一來，應該能在短時間內抵達山腳下的村落。」

對於別西卜的提案，佩克菈鼓起雙頰表示抗議。

魔王今天也一如既往地在耍任性。

「不行，若將主角設定成體力超乎常人就等於犯規了，這麼一來無論主角想怎麼做都行，所以我們必須欲哭無淚地慢慢推著魔導器往前走！」

在這種情況下，到底該把佩克菈歸類成超級被虐狂，還是堅持想親身體驗所愛作品的死忠粉絲呢？

話說回來，我該如何解決眼下狀況呢？

至少我是不想徹夜推著機械怪獸往前走。

依照佩克菈的個性，倘若我以姊姊的立場斥責說「即使再任性也該有所限度！」，她應該會願意乖乖聽話，畢竟這麼做也等於是讓佩克菈親身體驗自己所愛的其他作品。

話雖如此，我並不想採取這種仗著自身立場逼迫對方就範的方式。

不過佩克菈經常仗著魔王的身分耍任性，想想算是以牙還牙吧。

就在這時，我發現有東西躲在草叢裡觀察我們。

啊，對吼。

這麼做應該就沒問題了。

「佩克菈，假如順利在這裡補充魔力，讓魔導器蜥蜴能運作的話就沒關係了吧。」

「這當然是ＯＫ囉。」

既然如此，那就有辦法搞定了。

「先等我去交涉一下，雖然我不確定能否以言語溝通。」

於是我走進草叢裡。

然後向待在該處的動物招了招手，試著將自己的意思傳達出去。

只見那隻動物很快就跑不見蹤影。

拜託！求求你務必要聽懂啊！

十分鐘後——

周圍傳來一陣沙沙聲響。

有許多巴西利斯克來到我們面前。

而且牠們都以兩腿站立，前腳（實際上算是雙手）則抱著樹果。

這畫面彷彿許多小怪獸們前來喚醒身為首領的機械怪獸。

別西卜和佩克菈都看傻了。

「別西卜，妳說過這裡的巴西利斯克有著將食物送給同伴的習性吧，所以我剛剛是去拜託牠們。」

「原來如此，這些傢伙送來的樹果也可以幫魔導器補充魔力！」

「其實是之前看妳可以跟鹿交涉，我才想說或許能適用在巴西利斯克身上。」

我一臉得意地看向佩克菈。

「這下就能補充魔力了吧？並且沒有違反規則不是嗎？」

「唔……確實接受當地人的熱情款待，在魔力得到補充之後成功翻山越嶺是很令人感動……好吧，我願意接受這個做法。」

儘管此處所指的當地人是巴西利斯克，不過牠們棲息在此是不爭的事實，也就無須計較太多。

「魔王陛下，既然您已答應就不得食言。現在趕快駕駛魔導器越過這座山，應該來得及到山腳下的村落過夜。」

別西卜在得知今晚的住處有著落後，似乎是鬆了一口氣。

「巴西利斯克，謝謝你們！你們真是一群好怪獸呢！」

為了表示謝意，我摸了摸巴西利斯克的頭，或是把牠們抱在懷裡。雖然一般人根本抱不動，但憑我的能力素質是不成問題。

「感覺像是在擁抱哪來的小怪獸呢。」

「小女子對怪獸一詞沒啥概念。」

「就是類似巴西利斯克與蜥蜴的魔物或動物。」

我們將巴西利斯克贈予的果實全部放入機械怪獸嘴裡補充魔力，然後駕駛機械怪獸開始趕路。

可是，我們重新上路的情況與之前明顯大不相同。

「我說別西卜啊。」

雖然這麼問等於是廢話，但我還是想確認一下。

「什麼事？」

「跟我們一起上路的成員暴增許多耶……」

有大量的巴西利斯克和鹿緊跟在我們後面。

「鹿是覺得跟我們走就會有好東西吃，應該是認為先前的約定還有效吧。反正食物也不貴，到時就買給牠們吃吧。」

「這群巴西利斯克又是怎麼回事？我並沒有拜託牠們跟過來，難道是不許我們吃霸王餐嗎……？如此一來，我也得買點食物給牠們才行……」

「沒那回事，我覺得牠們是將妳認定為森林之王，才決定以部下的身分同行。」

「畢竟魔王也在這裡，感覺森林之王這封號會添亂。」

旅行變熱鬧並不是壞事，只不過成員當真是非常詭異。

「原、原著中也有在途中結交同伴的橋段……這樣也挺有意思的……我就勉強同意吧……」

佩克菈堅持的原則越變越鬆散。

成群結隊的我們在來到下坡時，一口氣加快腳步直奔山腳下的村落。

接著來到當地的旅店門口。順帶一提，是別西卜負責交涉。
「那個，我們想借住一晚，可以的話是想分房睡。」
「抱歉啊，因為已經很晚了，這裡只剩一個空房間。」
別西卜往後瞄了一眼。
「魔王陛下也在這裡，即使是村裡的其他住戶都行，希望能提供幾個空房間，相關費用皆由魔王陛下包辦。」
「……我、我這就去找人幫忙安排！」
我們最終被安排在村落裡類似活動中心內的房間裡過夜。
鹿與巴西利斯克則群聚在活動中心前的廣場上休息。
我也順利分到一個房間。
——但不知為什麼，佩克菈睡在我的床上……？
「那個，隔壁還有空房間吧……」
「原著裡經常出現因為房間不足，大家得一起睡大通鋪的橋段呀～光是有地方能過夜就該心存感激喔。」
由於我沒看過那本書，因此無法肯定這是以原著為基準，還是佩克菈自己想這麼做。
「算了，只要妳別太吵，想一起睡也無所謂啦。」

「咦～讓我們來聊戀愛八卦嘛～♪」
「我完全沒有相關的事情能夠分享。」

我原本一直在提防佩克菈還想聊天，但其實我跟她都已相當疲倦，最後很快就睡著了，所以基本上沒出什麼狀況。
就算體力再充沛，倘若置身於不同於以往的情況之中，出乎意料還挺累人的。

隔天，我們繼續駕駛機械怪獸直指終點艾佛克而去。
明明我們沒有行經大都市，沿途卻有許多魔族來看熱鬧。
「是佩克菈有提前發布消息，才吸引這麼多人來觀賞嗎？」
「不，消息並沒有傳到這裡，我懷疑是因為那個。」
佩克菈扭頭往後望去。
一大群鹿和巴西利斯克今天也跟在後頭。
「這樣確實十分引人側目……」
引人側目似乎不失為一件好事，我們在第二天得到許多人提供的物資。
拜此所賜，在這之後都沒有陷入耗盡魔力的危機。
「照此情況看來，即使移動速度再慢，也將在第三天抵達目的地，而且沒有一絲可能會面臨危機的跡象。」

「唔～！虧我安排如此完美的突發狀況計畫！如今卻因為意料外的突發狀況而受挫！」

「妳懊惱的理由也太奇怪了吧！」

佩克菈果然是有計畫性地讓我們陷入危機。

若有細心確保補充魔力的手段，原則上很難在山中遭遇那種進退兩難的情況。換言之，原著中的角色恐怕也是基於劇情安排才身陷險境。

「不過旅行就是計畫未必能趕上變化，所以這樣也好，反而才能夠體會何謂旅行。」

「喔，佩克菈，妳終於醒悟啦。」

沒錯，只要把更動計畫也當成是旅行的樂趣之一，就不會感到掃興了。

「既然如此，我們可得好好答謝跟在後頭的這群小傢伙們。」

別西卜說出感想。嗯，鹿與巴西利斯克們都很有精神地緊追在後。

「撇開鹿不提，沒想到巴西利斯克能像這樣長途跋涉耶。」

「弱小的動物或魔物無法生存在魔族的領地內，而這正是所謂的弱肉強食。」

「吼喔喔喔喔！」機械怪獸發出咆哮。

「吼喔喔喔喔！」巴西利斯克們也隨之放聲大吼。

「那個，別西卜，我忽然想到一件事。」

「怎麼啦？妳就別賣關子趕緊說吧。」

「被這些巴西利斯克當成首領的是魔導器蜥蜴而非我吧？畢竟外觀也比較相似。」

「……或許真被妳給說對了。」

比起自己被一群蜥蜴當成首領，上述說法更能讓我鬆一口氣，所以我情願裝作就是這麼一回事。

「牠們也可能是把騎在魔導器蜥蜴上的妳視為正宗首領喔。」

「……唔，這假設好像也說得通……」

時間來到第三天。

佩克菈原先似乎是預計有機會在今天之內抵達終點，不過我們在正午前就抵達艾佛克了。

因為我們已進入市區，所以有減緩移動速度。路邊兩側擠滿了前來聲援的觀眾。

就連朋德莉和諾索妮雅也在人群之中。

「辛苦了～！」

「只差一點就抵達終點了～！晚點會把吸滿汗水的衣服送去給妳們喔～！」

像這樣得到旁人的喝采，我是打從心底感到很高興。

「謝謝各位～！」

「吼喔喔喔喔！」我出聲回應後，機械怪獸開始嘶吼。

鹿以及巴西利斯克們也跟著發出鳴叫。

在即將抵達終點之前，能看見我的家人們與利維坦姊妹花就等在那裡。

「亞梓莎大人，妳這三天來的表現真出色呢！」

「回程就由人家來載送吧，不需要多久即可抵達范澤爾德城！」

首先是聽見兩位龍少女宏亮的嗓音。

「明明又不是前往人煙罕至的荒野探險，但我還是覺得莫名感動。」

「對吧？正因為能夠體驗到這樣的感動，才會即使旅途再辛苦也不輕言放棄，讓人得以堅持下去！」

佩克菈神情得意地說著。

「那個，我反而覺得妳對那些辛苦的部分是樂在其中……」

當我正在與佩克菈交談時——

「法露法、夏露夏、桑朵菈，小女子回來囉～！」

別西卜揮著手如此大喊。

「不許比我更早跟女兒們打招呼！妳這樣可是犯規囉！」
「天底下又沒有這種規則！」
在我們鬥嘴之際，恰好穿過拉起的終點線。
「好耶～！抵達終點～！」
女兒們立刻聚集至我的身邊。
「媽咪辛苦了！沒想到媽咪還跟好多鹿交朋友呢！」
「這幕光景堪稱前所未見，著實令人很感興趣。」
嗯，法露法與夏露夏都跑來迎接我，謝謝妳們。
「原來動物也能跟其他動物和平共存，妳真有一套呢。」
桑朵菈也以植物的角度恭賀我。
於是乎，駕駛跑沒兩下就耗盡動力的怪怪魔導器之旅終於落幕了。
農務省也有提供頂級食材給一路跟來終點的鹿以及巴西利斯克們。
因為直接住在這裡會有點不妥，大家記得要回到原本的家鄉喔。

◇

只不過當我返回高原之家後，竟被這趟旅行的奇妙副作用所擾。

「師父大人，妳不自覺抖腳的習慣有些嚴重，這對一名公司的經營者而言屬於不祥的徵兆，希望妳可以稍微節制點……」

哈爾卡拉如此叮嚀我。

「我又抖腳了嗎？嗯～大概是一連三天都搭乘那種晃個不停的魔導器，導致我沒有晃動就靜不下來。」

我花了近乎一週的時間，才終於改掉抖腳的壞習慣。

如果有機會的話，再找個時間去答謝鹿和巴西利斯克們在這趟旅行裡對我們的關照吧。

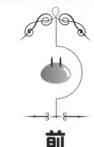

前往死神的居所

這天，我受邀來到一處相當奇妙的空間。

儘管我以奇妙二字來形容，卻不是科幻作品那樣的虛擬空間，此處是尋常城鎮內的大馬路旁。

至於這究竟有何奇妙之處——

「啊！又有行人直接穿過我和桌子！」

因為這感覺過於詭異，害我不禁全身一顫。

若以言語來形容……類似於當你在理髮店內時，髮型師將剪刀移到頭部附近的那種感覺……

「哎呀呀～亞梓莎小姐，瞧妳直到現在都還沒習慣呢～妳這樣可是無法好好享用下午茶喔？」

She continued destroy slime for 300 years

梅嘉梅加神露出一個正在關懷新手的柔和笑容說著。

「就是說啊，只不過是這點程度的神蹟就大驚小怪，表示妳在威嚴這方面仍有待加強喔。」

坐在梅嘉梅加神身邊（因為包含我在內就只有三個人坐在這裡，所以也算是在我身旁）的仁丹一臉淡然地提醒我。

「話不能這麼說！既然想好好享用下午茶，打從一開始就該挑個安靜的地點！坐在這裡可是不斷會有人經過……精確說來是穿過我們的身體喔！」

當我大聲吐槽時，只見一名行人穿過梅嘉梅加神的身體。

這個奇妙的空間確實與我平常所在的世界互相重疊，卻又以微妙的方式有所落差，導致行人無法看見我們的身影、不能聽見我們的聲音，甚至想跟我們有任何接觸都辦不到。

因為我不是神，對這方面的原理一頭霧水。

話雖如此，或許連神明自己也搞不清楚。

就像鳥會飛，卻對飛行的原理是一概不知。

總之，在我們享用茶點的這段期間，一直有行人在這裡來來往往。

對於原本就沒有這層自覺的行人而言自然是不成問題，偏偏我不時就能看見陌生人直接穿過自己的身體，導致我渾身不自在。

「這害我完全無法靜下心來，為何不挑個人煙稀少的地方聚餐呢？」

「亞梓莎小姐，這妳就不懂了～像這樣邊喝茶邊望著路上行人，不就是身為神明的特權嗎？」

梅嘉梅加神略顯得意地拋出這句話。

「畢竟我不是神，自然無法理解這種感覺。」

要是有人能完全明白的話，我相信肯定是個自大狂。

「亞梓莎，身為神就必須隨時關注這個世界，而這也是神明的工作之一。」

仁丹罕見地與梅嘉梅加神同調。

「喔，那女人都已經一把歲數還穿得那麼招搖，就算想藉此強行裝年輕，最終也只會適得其反突顯自身的年紀。那邊的年輕人則是裝闊穿高檔貨，但一點也不好看，類似於被衣服穿的那種感覺。」

「妳們就只是在觀察他人的穿搭嘛。」

「嗯？那男人明明住在偏遠的村落，居然為了省錢特地來這裡的市場買東西。考量到往來兩地的疲勞度，朕認為直接在他居住的村子裡買才妥當，但假如是在玩只要多省一百金幣就能獲勝的購物遊戲，倒是可以接受這種做法。」

「妳觀察他人的心得未免也太貼近一般生活了吧。」

那麼，說起我為何會與兩位女神共進下午茶——

是因為我到弗拉塔村買完東西返家之後，腦中突然傳來梅嘉梅加神的聲音。

——亞梓莎小姐，仁丹小姐邀我喝下午茶，希望妳也能一同參加。既然是茶會，多點人參加總是比較好，畢竟單獨兩人喝下午茶若是不慎缺少話題，氣氛將會特別尷尬！

當我準備吐槽說「無論是下午茶或茶會都行，拜託請統一用詞啦！」之際，我已被傳進這個空間並持續到現在。

雖然這算不上是常識，但我覺得神明整體上都有點強迫症……

因為除了梅嘉梅加神以外，另一位神明就只有仁丹，因此我懷疑梅嘉梅加神純粹是不想與仁丹單獨聊天，才把我召喚到這裡來。

事實上梅嘉梅加神的個性有些輕浮，許多方面都和仁丹不對盤。

再加上彼此又不想迎合對方……

話雖如此，但從現場能看出兩人聊得還算盡興，或許是梅嘉梅加神多少變得比較習慣面對仁丹吧。

「梅嘉梅加啊，看妳似乎挺融入這個世界嘛。」

梅嘉梅加神對於成為此世界的神明果真是越來越得心應手。畢竟仁丹看起來鮮少讚美梅嘉梅加神，所以這番話應該頗有可信度吧。

「還有許多神明我都沒打過招呼，只能說是有待加強而已。」

喔，難得看見梅嘉梅加神這麼謙虛。

「應該沒那回事吧，記得妳之前不是被其他神約去喝一杯嗎？那算是與其他神明打交道很有效率的方法喔。」

原來神也會大家相約去喝一杯啊……

我個人是希望他們能辦得神聖點，給人一種特別的感覺。

我心情複雜地喝了口茶。

附帶一提，這茶異常好喝，恐怕除了是以完美無缺的技術沖泡而成，還使用了萬中選一的頂級好水吧。

「話不能這麼說，因為會相約去喝一杯的人，原本就有著善於交際的活潑個性，所以很容易打好關係。問題在於不肯出來喝一杯的那種人，我很煩惱該如何跟這些人打招呼。」

總覺得她們聊到的煩惱與人類世界沒有多少差別……

「在尚未和這類人打過招呼以前，達成率就只有四成而已。這情況類似於電玩裡存在著容易捕獲的角色，以及不太有機會能撞見的稀有角色對吧。」

「喂！別拿電玩角色來比喻！這太失禮了！」

我認為仁丹發飆得很合理。

就因為梅嘉梅加神偶爾會像這樣失言，才會被人變成青蛙。

「我說的是實話呀，像我直到現在都還沒見過這世界的死神喔。」

這句話令我不禁全身一顫。

「那個……神明之中果然存在著死神嗎……？」

所謂的死神，就是將人送往死後世界的可怕存在。

普遍給人的形象就是骷髏身穿黑色連帽長袍，手中則握有一把鐮刀。

由於此世界有著轉生這種概念，因此我情願相信死神無法永久困住死者的靈魂——當然我對其中的細節並不清楚。

至於遭死神抓走的可悲靈魂，或許就是被帶往類似地獄的場所。畢竟我對死後轉生的記憶也只有一次而已。

恐怕絕大多數的死者都會被死神帶到地獄，在那裡像個社畜一樣被迫工作幾十年才能夠轉生也說不定。

若是能轉生還算好，最糟的情況就是永遠無法離開地獄。

「喔，妳是說死神啊。」

怎麼？難道死神對仁丹而言也是獨特的存在嗎？看她表現得莫名積極。

「大多數的世界裡都有存在死神不是嗎？當然這會隨著世界的不同而有所區別。就我所知之中，幾乎每個世界都有死神。」

梅嘉梅加神一派輕鬆地從嘴裡說出相當驚人的情報。

「死神嗎？這世界裡確實是有一位，只不過祂是個小怪胎。」

按照仁丹的說法，能肯定死神確實存在。

另外仁丹在喝茶時總會發出不小的聲響。

看來喝茶發出聲音在這裡是符合禮數。

「畢竟那傢伙花了很長一段時間在寫小說，也不知何時才會完成。」

「在寫小說!?」

這一點都不像是神明會有的興趣。

「嗯，那傢伙總是思想偏激，還說證明自己曾經存在於世上的最佳方式就是寫

作，所以一直在寫小說。」
儘管光憑這點就說對方容易思想偏激是略顯武斷，不過多少能聽出這是一位努力方向稍嫌詭異的神明。
「乾脆就趁現在見個面如何？朕知道死神住哪裡，偶爾見見其他人對那傢伙來說也是件好事。」
瞧仁丹以「祂就住在附近，要馬上去拜訪嗎？」的態度如此提議，但這次所要拜訪的對象可是死神喔。
這麼做當真不要緊嗎……？
即使是我，對於見到死神還是滿害怕的，而且對此不覺得害怕的人應該屬於少數。
「那個……雖然我被譽為此世界的最強存在，但終歸是人類……像這樣前去跟死神見面，對方不會突然就把我的靈魂收割走吧？」
「傻丫頭，倘若這傢伙真有那麼危險，朕豈會以『對方就住在附近，要馬上去拜訪嗎？』的態度提議。」
看來仁丹也知道自己提議得相當隨興。
「真是個好主意！這種時候就該義無反顧地表示贊成！」
梅嘉梅加神不停揮舞著高舉的右手。

這位女神果然很輕浮！

「俗話說人與人之間一生只會相遇一次，既然有機會結識對方就應該主動接觸！」

對於沒有死亡這種概念的神明而言，說這種話好像不太恰當吧。

沒辦法啦，既然都說很安全了，就一起去看看吧……

「好的，那我也一起——」

◇

「——去。」

我才剛給出答覆，就已移動至一片荒土之中。

「畢竟妳們都同意了，朕就直接施展空間轉移。此處便是死神的居所。」

「未免也太倉促了吧！」

重點是我都還沒說完話就已經抵達目的地，而且我還是有可能會突然反悔喔。

「話說回來，這地方還真是沒意思呢～」

梅嘉梅加神不斷扭頭東張西望。

剛抵達一處陌生的地點就給出這樣的批評，當地人聽了恐怕會生氣，偏偏這裡荒涼到我都頗懷疑是否有人居住。

周圍看不見任何村落的蹤影，地面也乾涸貧瘠。雖然遠處有一座山丘，但那裡一看就知道寸草不生。

即便是當地居民，好歹也不敢吹噓說「這裡是綠意盎然的土地」才對。

「該說真不愧是死神的居所嗎……？感覺是一片荒蕪耶……」

老實說要不是有這樣的機會，我應該是永遠不會跑來這裡。

就算過來也無事可做，我估計也沒有多少能當成藥材的植物生長在這裡。

「此處便是世人口中的『世界盡頭』。要不是死神住在這裡的話，朕也不會特地過來。原因是附近並沒有信仰朕的人類存在。」

看來神總會忽略沒有信徒存在的土地。

「死神就住在那裡的山腳下。難得像這樣出門一趟，我們就以步行前往吧，要不然根本沒機會用雙腳走路。」

仁丹打從一開始就想參觀這片土地，才故意傳送至與死神住所有段距離的地點。

想想這也算是某種程度的貼心舉動，倘若在我同意前往的下個瞬間，死神就出現在我面前的話，尚未做好心理準備的我很可能會慌了手腳……

「好的，對了，如果途中有行經什麼有趣的地點，就麻煩妳介紹一下了。」

「不錯喔～因為我最近沒怎麼做有氧運動，這真是幫了大忙！」

我與梅嘉梅加神在開口同意後，便跟著邁出腳步。

一個小時後——

我們仍走在一片荒野之中。

「也太遠了吧！另外景色幾乎是一成不變！」

原來那座山丘比我想像中離得更遠……

「沒錯，這裡是世界公認最無趣的場所，其正式名稱為虛無荒野。」

「這地名也太糟糕了吧。」

「每年大約會有六名觀光客跑來欣賞這片空無一物的土地。」

「平均是每兩個月有一人囉！」

順帶一提，梅嘉梅加神似乎從剛剛就已經逛膩了，就這麼露出如死魚般的眼神飄浮於半空中。

身為神的她自然能飛在天上。儘管我也辦得到，卻無法靈活地翱翔於天際。

——就在這時，能看見荒野中有一面立牌。

「喔，終於有人留下的痕跡了！」

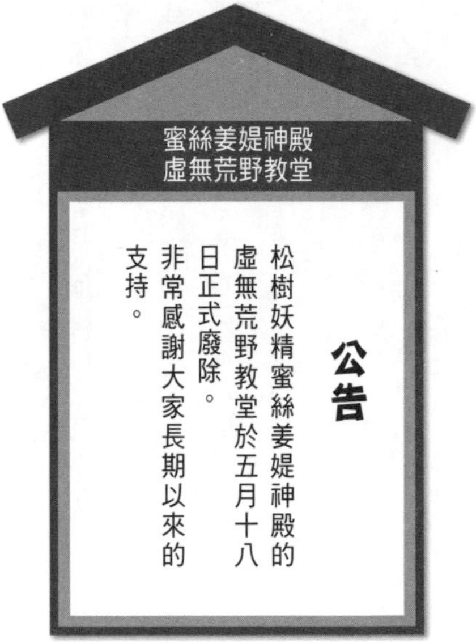
蜜絲姜媞神殿
虛無荒野教堂
公告
松樹妖精蜜絲姜媞神殿的
虛無荒野教堂於五月十八
日正式廢除。
非常感謝大家長期以來的
支持。

「蜜絲姜媞，妳這是在做什麼啊!?」

不，確切而言是「妳到底做了什麼啊!?」。話說在這種地方招募信徒，未免也太勉強了吧。就連願意來這裡舉辦婚禮的人都不會有半個。即使是當地居民，也情願挑選其他地點才對。

我覺得這就是過度擴張店鋪而搞砸的典型案例。

「哎呀哎呀，亞梓莎小姐，這附近還有許多不同的立牌喔！」

梅嘉梅加神忽然變得很有精神。確實相較於先前那種一點變化都沒有的情況，光是有新發現就會讓人覺得很開心。

我走去觀賞位於附近的其他立牌。

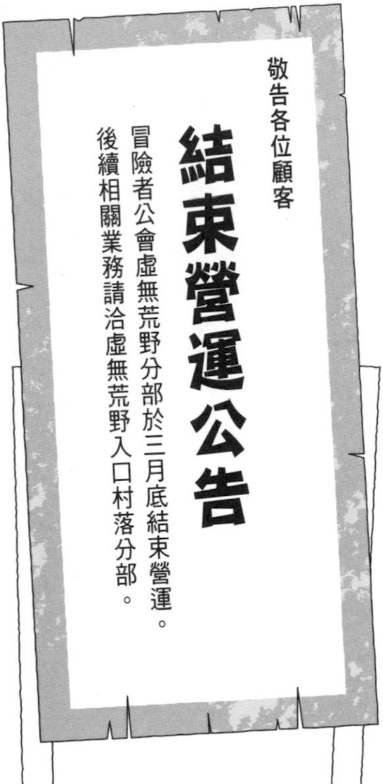
敬告各位顧客
結束營運公告
冒險者公會虛無荒野分部於三月底結束營運。
後續相關業務請洽虛無荒野入口村落分部。

這也是倒閉公告！話說現場隱約有建築物存在過的痕跡。

前方的地面上能看見車輪行經的痕跡，那附近也有一塊立牌。

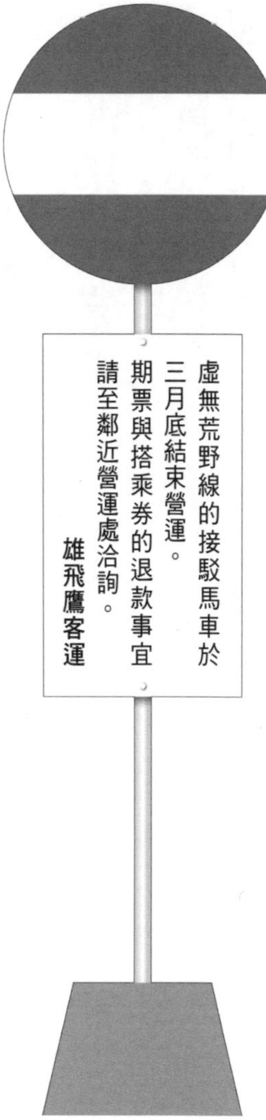
虛無荒野線的接駁馬車於
三月底結束營運。
期票與搭乘券的退款事宜
請至鄰近營運處洽詢。
雄飛鷹客運

接駁馬車也停駛了！

這地方已經沒戲唱了！

「話說我反而比較意外公共交通機構有來這裡設點，當真有人搭馬車來這裡嗎？」

「對呀對呀，正如梅嘉梅加神說的，難道這裡曾有過居民嗎？」

仁丹點頭肯定。

「虛無荒野在全盛時期曾有多達十七名居民，但隨著人口減少，如今已無人居住，恐怕是人口外移的影響也擴及此處吧。」

「我認為問題遠在人口外移的層級之上喔，這裡的居民是要如何謀生呀……？」

「過去有位盡可能想住在偏鄉的隱士，曾於書中寫到這裡是世界最偏僻的地點，自此之後就受到隱士界的關注，於是想移居至此的隱士們跟著增加了。」

「根據隱士所追求的生活方式，不覺得像這樣移居到受關注的土地很奇怪嗎？」

好歹也挑個不曾出現在傳聞或話題中的隱蔽地點嘛。

「由於這裡必須花費高昂的運費才有水可用，因此唯有財力充足的隱者能夠長期定居，而且還存在著許多問題。相傳隱士近來流行住在距離都市較近的山中。」

「既然是隱士，就別注重生活便利性啦……」

「朕並非隱士所以不清楚，而且隱士就只是一群想彰顯『我遠離世俗也能活得很好』的膚淺之人。」

神莫名開始對隱士們進行批判。

「老實說隱士對神殿的捐款金額往往都很小，因此算是可有可無的一群人。」

「這番發言也老實過頭了吧！」

「說起這群人啊，還會特地寫下那種東西。」

仁丹指著貼在廢棄房屋上的一張公告。

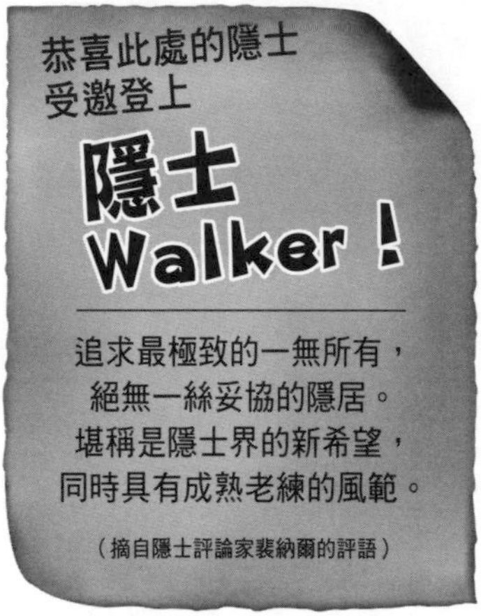
恭喜此處的隱士
受邀登上
隱士
Walker！
追求最極致的一無所有，
絕無一絲妥協的隱居。
堪稱是隱士界的新希望，
同時具有成熟老練的風範。
（摘自隱士評論家裴納爾的評語）

「一看就知道當事者從頭到尾都沒有看破世俗！」

「瞧瞧他們這副狼狽樣，想當個庸俗之人是無妨，不過提供大量捐款的庸俗之人至少還比較討朕歡心。」

一旦知曉隱士也會做出這等膚淺的行徑，都會變得跟仁丹一樣非常鄙視這票人吧……

另一方面，梅嘉梅加神不停東張西望觀察這片幾乎空無一物的土地。

難道以神明的視角來看，有發現什麼新東西嗎？

「若是下次有轉生者指定想住在安靜的地方，我就把人送來這裡好了～」

「這麼做真的太過分了，請妳立刻打消這個念頭！」

根本是轉生的瞬間就準備等死了。

這種故事經常出現在寓言裡，類似於透過契約向惡魔許願，儘管惡魔沒有騙人，卻會以明顯違背當事者意願的方式實現願望，害人最終不得好死。既然身為神明就別這麼做。

「那麼，差不多能看見死神的住處了。」

仁丹伸手指向山丘。

我們終於來到山丘附近。

能發現山腳下有一棟供人居住的建築物。

「自從這裡不再有任何居民後，死神平常都會以實體的方式過生活。反正根本不會有人造訪這裡，亞梓莎妳一走進去即可見到那傢伙。」

「我想也是……畢竟不會有任何人特地跑來這種地方……」

在看見目的地之後，我也跟著加快腳步。

一段時間後，我們終於抵達死神住在裡面的那棟屋子。

「外觀好普通，簡直平凡無奇……」

屋子本身乍看之下並沒有什麼嚇人之處，外觀就跟一般民宅沒有分別。

感覺上是可以造個院子，但由於位在荒野裡，因此種不了植物吧。另外在購物方面明顯是相當不便，可是這對神而言不成問題吧。

「嗚哇～感覺應該不會有什麼信徒呢～」

「喂，別說那種失禮的話。」

仁丹開口告誡梅嘉梅加神。

對神而言，信徒的數量似乎能當成一種炫耀的要素。

「有句諺語是『說人壞話會變青蛙』。」

「這還不是因為仁丹妳把人變成青蛙！」

這位神明最難搞的部分，就是立刻想把看不順眼的人變成青蛙。

「那就先跟對方打個招呼吧。」

站在門前的梅嘉梅加神先鞠躬兩次。

接著敲兩次門。

然後再鞠躬行禮一次。

「簡直就跟神社的參拜方式一模一樣！」

梅嘉梅加神肯定是故意想搞笑，因為此世界中並不存在這種參拜方式。

「那個～畢竟對方是神明，感覺以這種方式打招呼會比較好嘛～」

片刻後，傳來門把轉動的聲響。

死神終於要現身了……

拜託別出現那種一看就很有死神氣氛的可怕神明……

拜託不要是身穿黑色連帽長袍的骷髏頭來應門……

結果是「毛」映入我的眼簾。

當然我說的不是一根毛，而是由大量毛髮集結組成的物體。

一個宛如毛髮生長過度而無法呈現球狀的毬藻生物，就這麼站在我的面前。

難道死神甚至不是人形嗎？而是由毛組成的動物？想想神明未必全都是人形姿態。

就在這時——毛球突然伸出兩隻白皙的手。

嚇死我了！

以構圖而言還滿驚悚的。

死神用雙手逐漸撥開正面的毛髮。

一段時間後，從中露出臉龐和身體。

看外表應該是個女孩子。

雖然她長得比桑朵菈小了一圈，不過因為毛髮過多的緣故，完全不會讓人產生嬌小的感覺。

「喔～好久不見，死神，朕帶了新神與朋友來拜訪妳。」

仁丹簡短地打招呼。依照她的語氣，似乎和死神算是有些交情。

「……知道了。」

死神以細如蚊蚋的嗓音回答。

既然她單獨住在這種地方，大概是不太擅長應對人際關係……確切而言是神際關係。

我跟梅嘉梅加神分別進行簡單的自我介紹。梅嘉梅加神一如往常那樣悠然自得，我則是一想到她是死神就覺得有些緊張。

「敝人名叫……奧托安黛，請多指教。」

這位死神竟以敝人做為第一人稱。我還是頭一次在現實中遇見以敝人自稱的人呢。

「因為妳從不參加任何聚會，朕才帶新神來見見妳，妳就稍微跟大家聊幾句，而且最好找些有趣點的話題。」

我說仁丹啊，這要求根本是強人所難喔。

「……稍微小聊幾句是可以。歡迎三位蒞臨寒舍。」

語畢，死神便轉過身去，她身上的毛髮也隨之飄動。

© Benio

一旦身體被毛髮遮住，她就儼然化身成一隻神祕魔物……

「耶～打擾了～♪」

梅嘉梅加神一派輕鬆地走進屋內，我見狀便尾隨在後。

這是我畢生首次進入死神的住處。

穿過大門來到一個放有樸實木桌的房間，雜亂的木桌上擺滿各種瓶罐。

「妳們想喝什麼……但選擇相當有限。」

莫名有種毛髮在說話的感覺。

「啊，不必費心！畢竟妳是神明，應該沒有適合人類喝的飲料吧！」

「桌上那些都是酒……想喝什麼自己倒。」

桌上的瓶罐全是高濃度的烈酒。

奧托安黛似乎過著比我想像中更頹廢的生活！

但她可是死神，也許這種生活方式才適當吧？

「那我不客氣囉～」

梅嘉梅加神不知從哪拿出一個杯子，隨即開始幫自己倒酒——她在這方面當真是無所顧忌。當梅嘉梅加神開始喝酒時，我耳邊傳來以下這句話。

「敝人是死神……介紹結束。」

……………

難不成奧托安黛打算以這句話來為此次的會面作結嗎？

當事者在親口介紹完自己是死神之後，這場會面確實算得上是已經結束，但我還是覺得未免也太快散場了吧。

「抱歉啊……這傢伙就是如此不善交際，為了節省麻煩，接下來由朕負責主導話題……」

至少我已完全感受出死神有著怎樣的個性。

「奧托安黛，畢竟機會難得，就讓她們看看妳的興趣吧。」

「……收到。」

死神以蚊蚋般的音量開口回應，然後拖著大量毛髮走進隔壁房間。

「亞梓莎小姐，她以某種角度上來說確實很有死神的風範，讓人不禁鬆口氣呢。」

「咦？很有死神的風範？」

「對呀，假如是個渴望收集大量靈魂的死神，其實很容易引發問題。若對身體還很健康的人強行收割靈魂，情況將會有點麻煩。這就類似於世間公司為了提升業績，於是讓員工以強硬或近乎詐欺的手法推銷商品。」

「每次跟梅嘉梅加神妳聊天，就會覺得神明好像也沒啥威嚴。」

我認為最好別再拿人類來做為比喻。

「說起死神應有的個性，就是只會完成被賦予的工作，因此大多數死神的性格都跟這位死神差不多喔。」

「聽起來頗有說服力，卻又有點難理解……」

換言之，我想像中那種身穿黑色連帽長袍的死神其實很罕見囉。

片刻後，名為奧托安黛的死神走了回來。

只見各處的毛髮上都分別綁著一疊紙。

「妳這身造型還真前衛耶！」

「……想閱讀哪個都可以。」

對這句話感到一頭霧水的我，從毛髮上取走其中一疊紙。

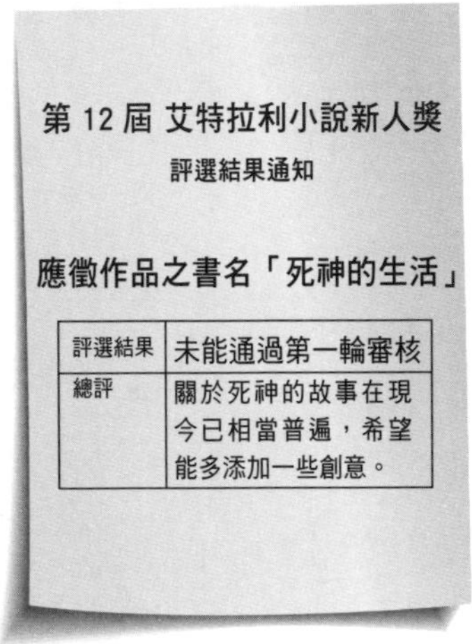

第 12 屆 艾特拉利小說新人獎

評選結果通知

應徵作品之書名「死神的生活」

評選結果	未能通過第一輪審核
總評	關於死神的故事在現今已相當普遍，希望能多添加一些創意。

「居然還投稿應徵小說比賽！」

記得仁丹說過奧托安黛有在寫小說，不過我很意外她會投稿參加比賽。

「亞梓莎小姐，妳那張也一樣寫有新人獎的名稱與書名嗎？我這張的總評是『以死神為女主角的作品太過常見，希望能想出更具獨創性的題材，或是以親身經歷來撰寫故事』。」

難不成這位死神四處投稿自己的作品嗎？

「奧托安黛她為了打發時間，從五百年前起便立志成為小說家，不停應徵各處舉辦的新人獎。」

「……自五百年前開始，評審就批評說關於死神的題材過於老套。」

奧托安黛小聲說著。

我對小說業界並不了解，可是由死神撰寫以死神為題材的小說，最終只得到故事太老套的評語。

也就是說，奧托安黛可能並不適合寫小說嗎？

「……因為人的死亡對敝人而言已熟悉到近乎乏味……所以覺得自己應該適合寫小說，於是開始投稿應徵……」

大概是說了不少話，奧托安黛直接拿起酒瓶對嘴喝。

沒想到她喝酒的方式是如此豪邁！

「……噗哈。無論敝人投稿多少次……換來的評語都是『設定太常見』、『缺乏真實感』等等……」
出自奧托安黛筆下的死神小說，理當是最充滿真實感才對吧！
想想這問題還頗複雜的，總不能向對方坦言說自己是死神，而且說了也未必能取信於人。
「……由於結果都很不理想，令敝人有時很想找個洞鑽進去……」
在發出一陣「嗡嗡嗡嗡嗡」奇怪聲響的同時，只見奧托安黛慢慢沒入自己的毛髮之中。話說那不是洞穴吧。
「喂，快回來！妳躲進那裡也於事無補！」
仁丹大喊後，再度傳來一陣「嗡嗡嗡嗡嗡」的聲響，奧托安黛便從毛髮中冒出來。
雖說她原本的表情就沒有很開朗，或許是聊了不開心的事情，感覺她的表情比先前更難過了。
可能是不斷碰壁的緣故，導致她心情沮喪。
「……有頭髮跑進嘴巴裡了。」
「這只能怪妳自作自受。」
的確正如仁丹所言。話說她神情難過的原因是這個啊。

「我知道妳從以前就在寫小說，但也才歷經短短五百年，只要再過五千年，甚至是五萬年的話，終有一日會開花結果的。」

仁丹以很有神明風格的獨特方式安慰著奧托安黛，並拍了拍她的肩膀（？）。因為奧托安黛完全被毛髮蓋住，害我看不出到底是拍哪裡。

但不管怎麼說，五萬年就真的太扯了。

「……好的，即使花上五萬年或五十萬年也絕不氣餒。」

居然還把時間拉得更長！我這個只有三百歲的小毛頭，完全無法產生共鳴……

「而且妳已持續五百年了，表示這算得上是妳的興趣，也就沒什麼問題啦。」

「……至少敝人是這麼認為。」奧托安黛也點頭肯定。

要是不喜歡的話，我相信不可能會持續五百年。

「記得之前也有神明說想要寫詩，最終不過是三十年熱度而已。」

儘管說得很像是三分鐘熱度，但感覺持續滿久的耶！

果然以神的基準來說，許多價值觀都截然不同……

此時，梅嘉梅加神拍了拍我的肩膀。

「亞梓莎小姐，妳看看那邊，牆上有張貼用來鼓舞精神的話語。」

注入靈魂。

「這行字出自死神之手，莫名讓人覺得參雜著不一樣的意思！」

不過拜此所賜，令我想起一件自己頗在意的事情。既然機會難得，就來請教當事者吧。

「那個，奧托安黛神。」

「……直呼敝人的名字即可，畢竟敝人並未做出值得受人崇敬的靈魂收割方式，妳不必多禮。」

看來奧托安黛是個不會擺架子的神明。不過光是身為神明就夠格受人崇敬了。

「呃～那我就直呼妳為奧托安黛囉……請問死神平常是在負責哪些工作呢？」

畢竟奧托安黛終究是個死神，並非專職負責寫小說的神明。

想想還沒聽她聊起關於自己的老本行。

「……就只是負責簽名，很快就完成了。」

奧托安黛以我勉強能聽見的音量說完後，再度拖著毛髮走向隔壁房間。

然後又用毛髮捲著好幾疊紙張走回來。

「這些資料原本是不得外傳的……但想想也無妨啦。」

奧托安黛將紙張攤放在桌上。

報告書

致奧托安黛死神大人
請問可以把附件名單中的
靈魂轉生成牛嗎？
中級死神敬上

報告書

致奧托安黛死神大人
請問可以把日前從阿爾亞鎮
收集來的死者靈魂放逐到世
界外嗎？
中級死神敬上

「這些內容是絕不能外傳的吧！」

沒想到能親眼目睹這些東西……因為之前的氣氛過於悠哉，害我都快忘了奧托安黛的身分，如果換作是其他人看見這個，難保會當場失去理智喔。

「原來這世界的死神擁有這等權限呢～有時甚至可以替人決定如何轉生呢～」

梅嘉梅加神好歹算是個內行人，看完後是一臉欽佩地點點頭。

「請問我前世的死神是什麼樣子呢？梅嘉梅加神。」

「那裡的死神是以制式化的處理方式把妳送來給我，在這種情況之下，也能將靈魂轉生至管轄範圍內的其他地點。假如是由死神來決定如何轉生的話，妳現在或許是變成一隻糞金龜也說不定。」

「幸好沒被我碰上是由死神來決定的制度。」

儘管遲了點，我忽然很慶幸是由梅嘉梅加神負責決定我會如何轉生。

「糞金龜的生活也很有意思喔，在推東西的時候能深刻感受到自己的生存意義，堪稱是中上水準的生活。」

「偏偏牠推的東西是那個，我十分慶幸自己生在能夠表達此意見的環境裡。」

「——因為如此這般，奧托安黛就只是負責裁決，已有很長一段時間沒負責現場業務了。」

畢竟不管什麼職業，一旦成為高階主管就無須跑外務。

「……這讓敝人有許多空閒時間，所以敝人才開始寫作。」

奧托安黛再次點頭回應。

「原來是工作上有空讓人能兼顧興趣啊。」

「……但這也有缺點。」

奧托安黛似乎感到不好意思，忽然又想躲入毛髮之中。

這次是仁丹早一步拉住奧托安黛的手，令她無法躲進去。

依照仁丹的反應，似乎對於這類情況已應付得駕輕就熟了。

「妳別一有事就想躲起來！既然妳提及有缺點就儘管說，倘若不想談就別那壺不開提那壺，不許這樣賣關子。」

仁丹特別注重這方面。

「妳好歹也是神明，態度就該光明磊落，抬頭挺胸去面對一切事情。」

奧托安黛好像能聽懂仁丹的意思，隨即點頭以對。

「……部下在看完敝人的原稿之後，表示現在不會用這種方式對待靈魂，說敝人的做法已經過時……而且建議敝人若想撰寫這類小說，先前往現場取材或許會比較好……」

這表示奧托安黛筆下關於死神的描述，當真很缺乏真實感囉！

就此變成一名不懂現場作業流程的典型上司！

仁丹隨手翻開其中一份原稿看了幾頁。

「妳最近的原稿也非常糟糕，根本只是回顧自身工作的自傳。因為毫無故事性，已經算不上是一部小說了。」

「…………嗚嗚嗚！之前收到的評語就是『這根本是退休老人來應徵小說新人獎，麻煩請寫小說而非自傳』。」

奧托安黛似乎感到非常羞恥，又一次準備躲進毛髮之中。

「啊！朕提醒過妳別沒聊幾句就想躲起來！糟糕！沒能及時阻止！」

奧托安黛已完全沒入毛髮裡了。

仁丹發出一聲嘆息，接著扭頭看向我們。

「就是因為這樣，所以朕覺得她要是沒有偶爾跟人聊天就會失去發展性，才不時帶朋友來拜訪她，至於這次找來的便是妳們。」

梅嘉梅加神點點頭說：

「原來是這麼回事呀～怪不得妳會突然跑來約我喝下午茶呢～虧我還想說妳怎麼會突然辦茶會呢。」

「無論是下午茶或茶會都行，麻煩請將措辭統合成一個。」

意思是仁丹以自己的方式在關心名為奧托安黛的死神。

沒想到仁丹也有這麼體貼的一面。

「嗯，若是有我可以幫上的地方請儘管說，當然我也不知道自己能做些什麼。」

「偶爾來陪這顆毛球聊聊天即可，光是這樣就足夠了。」

仁丹瞄了一眼毫無反應的毛球。

「看她應該一時半刻不會現身，我們就邊等邊喝酒吧。」

梅嘉梅加神喜上眉梢地不知從哪變出了杯子。

畢竟不斷和奧托安黛攀談，反而會害她不好意思現身。

話說房間裡有這麼一顆大毛球，以構圖而言還挺詭異的……

約莫十五分鐘後——

在我們小酌幾杯的時候，奧托安黛終於從毛髮裡冒出來了。

「如何？心情有平靜點嗎？」

「……是敝人失態了，接下來無論被人如何批評都不要緊。」

奧托安黛緩緩地點了個頭。

「對呀對呀！即使寫出一部如自傳般的丟臉作品並拿去投稿也無所謂！反正只要妳堅稱那是一部小說，那就確實是一部小說！」

「…………感覺還是好丟臉。」

奧托安黛準備再度躲進毛髮之中！

「喂！梅嘉梅加！妳別在傷口上灑鹽啦！這樣會害整件事毫無進展！」

「咦咦!?這不能怪我吧!?是她說無論被如何批評都不要緊呀……」

「像妳這種粗線條的傢伙，在開口之前好歹想過該怎麼說才不會得罪人！唉唷，奧托安黛，妳快回來！亞梓莎！妳也快來幫我拉住她！」

「我也得幫忙嗎!?」

在我們兩人聯手之下，終於把奧托安黛拉了回來。

明明話題毫無進展，卻令人備感疲憊……

「……抱歉，敝人已經想開了，放心。」

儘管這番話沒啥可信度，但也只能相信她了。

「……關於小說這方面，不管遭人如何批評敝人都有辦法承受住。而且投稿的作品都已是過去式，敝人現在正努力邁向更高的境界。」

喔，這句話應該所言不假。

奧托安黛的神情比先前顯得有幹勁。

「喔～意思是妳終於能寫出除了親身經歷以外的作品囉，要不然也能在親身經歷之中添加各種虛構的要素，像妳可以寫寫看關於神祕毛球魔物大顯身手的故事。」

對吼，既然問題出在老是撰寫關於死神的題材，乾脆就從這方面以外的地方去尋找靈感好了。

話雖如此，奧托安黛卻將幹勁注入到詭異的方向上。

「……敝人頓悟出一個道理，就是投稿得獎的作品未必能稱之為藝術，反倒是無人能理解的作品才叫做前衛藝術。」

這也未免太思想偏激了！

「……投稿參加比賽太小家子氣了，敝人與那些受限於既有規則的庸俗之人是截然不同。」

「糟糕！她因為事情的發展不如意就開始否定現實了！」

「梅嘉梅加神，請妳在措辭上稍微委婉點啦！」

但我能理解這番發言會令人不安。

因為這真的也能算是在逃避現實。

「……比起撰寫於稿紙上，敝人正在進行更加充滿意義的事情。」

奧托安黛突然將部分毛髮往前一伸，迅速纏住我們的手臂。

這妖怪般的舉動是怎麼回事!?

難道我們正遭受攻擊!?誰叫梅嘉梅加神剛剛近乎一針見血地點出奧托安黛的心理創傷……於是把我們都當成一夥……

「……請三位欣賞一下敝人的作品。」

「啊，原來是這樣呀……」

這想法是很好，但採取的行動就不太恰當了！

「抱歉啊，都怪這顆毛球不擅長與人交際……」

仁丹低頭向我們道歉。

看來神在處理神際關係時也頗辛苦的。

「放心，我能理解仁丹妳的感受。」

被奧托安黛用毛髮牽著的我們，就這麼走到室外。

眼前聳立著一面岩壁。

因為這棟房屋就位於山腳下，能看見岩壁是理所當然，可是奧托安黛目不轉睛地注視著這面岩壁，應該是上面有什麼玄機吧。

「是一片岩壁呢～看起來好像很堅固喔。」

「梅嘉梅加神，妳的感想也太隨便了吧……當然我也不知道這岩壁是由何種岩石組成的。」

周圍能看見其他露出的岩壁，但我看不出有何差異。

「……想請妳們欣賞一下。」

語畢，奧托安黛便解開原本纏在我們手上的毛髮。由於被毛髮纏住身體並不是很舒服，因此能擺脫束縛真的是太好了。

奧托安黛走向岩壁。

因為毛髮也覆蓋住她的雙腳，所以與其說是走過去，反倒更像是一坨毛向前平移。

「仁丹，奧托安黛想做什麼嗎？我看得是一頭霧水。」

「朕也不清楚，至少這附近的岩石看起來並沒有多麼神聖……」

在我們交談之際，奧托安黛已抵達峭壁前。

「……那麼，敝人開始了。」

嗡嗡嗡嗡嗡！

隨著這股奇怪的聲響，奧托安黛將毛髮逐漸伸向岩壁。

「夭壽咧！這畫面真嚇人！簡直就像是伸出觸手！」

確實是一幅非常驚人的畫面出現在我們眼前！

然後就看見奧托安黛的身體彷彿搭乘電梯般不斷往上移動。

「她似乎是將頭髮固定(lock)在岩石的縫隙間喔～」

梅嘉梅加神語氣悠哉地說著。

「——因為是岩石(rock)的縫隙。」

「那個，既然是神明就有辦法飛上天去吧？」

「亞梓莎小姐，妳想藉此裝作沒聽見我的笑話對吧。」

梅嘉梅加神剛剛好像有說什麼吧。

在突然想到某個冷笑話時，有人不會馬上說出口，有人則會不經大腦地講出來，梅嘉梅加神很明顯是屬於後者。

「順帶一提，這位毛球神應該有辦法飛行，卻基於個人堅持不願那麼做，畢竟神力基本上是無所不能嘛～偏偏有些神明卻是就連簡單的驅蚊都辦不到而傷透腦筋，因此也不能以偏概全啦。」

「嗯，好像有人想變成青蛙呢。」

仁丹稍微瞪了梅嘉梅加神一眼。

儘管只是我的想像，不過我懷疑梅嘉梅加神就是期待被變成青蛙才故意說這種話。

一段時間後，奧托安黛抵達岩壁的上方。

「她去那裡想做什麼？難不成是要喊出自己的心聲嗎？」

「對於如此長壽的神明而言，怎麼可能會像個未成年的孩子那樣表達自我主張嘛……」

但假如問我是否知道奧托安黛想做什麼，我自然是滿頭問號。

「嗯？岩壁上似乎刻有文字，而且是使用千年以前的古老文體。」

用手遮著陽光抬頭仰望的仁丹開口說道。

的確好像有看見類似文字的花紋……

「……敝人要在此動用符合死神風格的物品。」

奧托安黛從懷裡（具體而言是毛髮內）取出一件黑到發亮的物品。

那是——一把鐮刀！

也是我對死神的既定印象之一。雖然我不清楚那東西具體而言有何功用，可是應該能用來收割靈魂吧。

意思是奧托安黛準備拿它來傷害靈魂嗎？

我並不想目睹這種可怕的景象耶……

「梅嘉梅加神，倘若苗頭不對，我會立刻閉上眼睛，等結束之後再麻煩妳提醒我一下……因為我不敢看嚇人的東西……」

「ＯＫＯＫ～」

雖說開口拜託的人是我，不過看梅嘉梅加神回答得這麼隨便，害我有點對她沒信心。

結果奧托安黛並沒有揮舞手中的鐮刀。

喀啦！喀啦！

上述聲響是源自於她拿鐮刀去刮峭壁。

喀啦！喀啦！

她為何要這麼做？我不覺得靈魂會宛如化石那樣嵌在岩壁裡耶……

於是我將目光飄向梅嘉梅加神。

「人家也不知道捏。」

隨即換來這個毫無威嚴的回答。

「奧托安黛，妳在做什麼～？」

我認為直接詢問當事人會比較快，便扯開嗓門對趴在岩壁上的奧托安黛發問。

「……敝人在刻字……不，是在寫小說。」

居然在寫小說!?

「……因為寫在紙上過於方便，導致敝人無法注入靈魂……所以決定改成刻寫在岩壁上。」

這麼做也太費時了吧！

「……人類是在不久前才使用紙張來記錄文字，於遠古時代則是雕刻在黏土板或岩壁上……所以敝人決定改採這種傳統方式！」

「但妳這麼做不管花多久都寫不完一部小說喔～」

覺得事不關己的梅嘉梅加神語氣悠哉地出聲提醒。

我認為這句話說得切中要點，若是每寫一個字都如此費勁，勢必得花上超乎想像的漫長歲月才能夠完成創作吧。

不過，奧托安黛向我們露出一個十分燦爛的笑容。

彷彿想藉此讓人明白，她偶爾還是能展現出這樣的表情。

「……就算得花費五千年，甚至是五萬年，敝人有朝一日能完成創作。」

我不知為何覺得一陣感動。

即便再費時，只要當事人秉持著貫徹始終的意志，就絕對會有結束的一天，必能順利實現心願。

「……在這面岩壁刻下這個世上的顛峰之作。」

語畢，奧托安黛繼續拿鐮刀劃向岩壁。

「二位，是時候該告辭了。」

仁丹露出今日最柔和的表情說著。

「就等個三十年後再來探望她吧。假如奧托安黛到時選擇放棄的話，就一起來數落她只有三十年熱度。」

「要是她在岩壁刻寫文字長達三十年的話，依然值得佩服喔，不過這對神而言仍稍嫌太短……」

「無論時間長短，關鍵仍在於她的創作內容是否有趣，但最重要的一點是那顆毛球能否樂在其中。」

大概是仁丹目睹熟識的神明決定開拓屬於自己的人生之路，不由得為此深受感動吧。她此刻的眼神無比溫柔。

「說得也是，既然能找到自己生活中的意義，相信她肯定不要緊了。」
令仁丹十分操心的這位死神，已邁開腳步去追逐屬於她的人生目標。
或許今後很難再見到或造訪這位名為奧托安黛的死神，但相較於為了實現目標而活，這只是個不值一提的瑣事罷了。
看著奧托安黛，我突然想起另一個人。
「那個，我認識一名妖精是完全沉浸在繪畫的世界裡，難不成神明與妖精都容易對藝術產生興趣嗎？」
我指的就是水母妖精裘雅莉娜。
「其實長壽的存在容易被歷久不衰的興趣所吸引，但有時沉迷於新鮮的事物到最後，才發現只有自己在鑽研。」
「啊～……若是知道除了自己以外都沒人玩過某種遊戲，老實說會很難過……」
不知何時，忽然再也聽不見鐮刀劃過岩壁的聲響。
我這才發現我們已回到之前舉辦茶會的地點。
「今天真是多虧二位。原來那傢伙在不知不覺間已經開竅了。既然是這樣的話，她怎麼不早點和朕說，朕也就無須為她操心，早知道就把她變成青蛙了。」
仁丹一口將剩下的茶喝完。這茶即使冷了也十分好喝。
「我們只是與死神小聊幾句，一點都不麻煩啦。」

「對呀～能得知平常總是那麼淡然的仁丹小姐，居然有著這麼為同胞著想的一面，這一趟也算是值得了～♪」

「變成青蛙。」

愛捉弄人的梅嘉梅加神又一次被變成青蛙了。

◇

某天，我吃完午餐在家喝下午茶的時候，別西卜忽然走進屋內。

「妳怎麼老是來得這麼突然？難道就不能提前通知一聲嗎？」

「因為小女子有事想問妳。」

看她的表情應該是碰上什麼麻煩事了……

「還記得之前那位很像是探險家的男子，在誤闖沙沙．沙沙王國以後所推出的雜記嗎？」

「啊～就是芙拉托緹冰凍植物時，碰巧闖進王國的那個人吧。」

順帶一提，此人在羅莎莉的兩百年忌當時也有進入王國。

「這名男子又推出類似的雜記，此次前往的地點並非沙沙．沙沙王國，而是類似世界盡頭的場所，小女子懷疑此事與妳有關才前來確認。」

我莫名有股不祥的預感。

「至少我沒有直接涉入，所以算是與我無關吧……？」

「按照妳的反應，十之八九是最近才發生的吧。」

別西卜露出質疑的表情。我個人希望她能秉持無罪推定原則的精神。

「因為我又沒說要那麼做，而且都已是事後了……不，真要說來或許妳我講得根本並非同一件事，先讓我聽聽具體內容，畢竟這類情況到頭來經常是當事者想太多了。」

「嗯，書名叫做《虛無荒野的祕密》。」

「啊……這人肯定知道些什麼……」

別西卜再度露出質疑的表情。我就說了嘛，這真的不能怪我呀！

不管怎樣，先來看看內容吧。

——虛無荒野堪稱是這國家裡被世人所淡忘的土地之一，該處曾被隱士們當成理想中的修行寶地，於是爭相前來造訪，如今卻只剩下有人居住過的痕跡，反倒增添了一股寂寥感。

由於接駁馬車早在很久以前就已停駛，所以只能從名為『荒野入口村落』的村子徒步走上兩天才有辦法抵達。雖然這樣的距離已稱不上是入口，不過

虛無荒野就是如此遼闊貧瘠。

「開頭似乎還沒碰上什麼狀況，可是這傢伙為啥老愛跑去這類地點啊？難道他很閒嗎？」

「反正這世上的人有著各種怪癖。總之妳趕快往下看。」

——吸引我前往虛無荒野的契機，就是這片土地為死神傳說的主要舞臺。相傳這片土地曾經存在過一名死神，負責管理世上所有的靈魂——當地自古流傳著上述傳說，因此我想親眼確認這則傳說。

也沒什麼曾經存在過，而是以現在進行式住於當地……

——我一連走了兩天，終於抵達虛無荒野的廢棄村落，此處正如其名是一無所有。

儘管我曾經多次涉足令人毛骨悚然的可怕地點，我唯獨在這片虛無荒野頭一次感受到這種完全不存在任何事物，令我不禁想佇立在原地的體驗。

難不成這傢伙遇見奧托安黛了？

記得這神明認為不會有人造訪此處，於是沒有維持不會被凡人看見的狀態。

——我望向虛無荒野裡唯一的『東西』，也就是一座山丘。

結果我在那裡看見一篇既醜陋又悲慘的文章！

「啊！他居然看了雕刻在岩壁上的小說！」

「到底是誰在那種地方寫下文章啊？如果讓外界誤以為是魔族所為會很麻煩，希望當事者別再這麼做了。」

我能理解別西卜的心情，偏偏這是神明所為，即使想阻止也辦不到……

——這篇文章似乎是以千年前使用過的古代文體所寫成，看起來是使用某種利刃刻寫在岩壁上。

以下是我翻譯成現代語言的內容。

『我乃統御一切死亡之人，但以死亡二字來形容又過於空虛，無法與天底下的任何靈魂產生共鳴，所以我決定在此詳述自己處理過的各個靈魂。』

關於這篇小說，我能理解那些不知道真相的人在看完之後為何會很驚訝了。

『首先是聆聽靈魂的說詞，接著聽取靈魂的要求，再以此為依據將靈魂送往裁定的場所。為了避免出錯，這部分都一定會交由多名經手者再三確認。理由是讓已經轉生成牛的靈魂再變成豬將會十分麻煩，因此確認作業是絕不能有任何怠慢。』

「相關作業出乎意料地系統化！」

內容沒有特別嚇人的部分，卻能感受到作者是迫於無奈在從事工作。

『有時仍會感到倦怠，但在聽見靈魂的一句感謝以後，就會讓人打起精神去面對明天的工作。來自靈魂的感謝，都會化成心中的能量。難道自己就是想聽見一句簡單的感謝才繼續從事這份工作？』

「這也太陳腔濫調了吧！」

或許是奧托安黛在投遞的稿件裡寫了類似的內容，才會在新人獎裡慘遭淘汰吧……？

話說這內容哪裡算是「既醜陋又悲慘的文章」？可能是探險家想讓人產生不可名狀的恐懼或類似感受，才故意以這種方式形容吧？

——儘管我看不太懂後半段的內容，不過這篇彷彿由死亡管理者親筆寫下的文章究竟是什麼？我不知所措地佇立在原地，片刻後甚至有種失去時間概念的感覺。

接著我勉強拿起自己的筆，打算把文章抄錄下來。

就在這時，我感受到背後出現一種奇妙的氛圍。

我回頭一看，發現有個全身被毛髮覆蓋、看不出是人是獸的存在就站於該處。

雖然它的身高只跟幼童差不多，但每一根毛髮都宛如生物般能獨立蠕動！

根本就是奧托安黛嘛！

——未知存在伸出一條毛髮將我五花大綁。

害怕即將被人生吞活剝的我不禁放棄抵抗，想想這也是我首次感受到如此直接的恐懼。

但眼前這個不可名狀的未知存在居然說話了。

「……你是書刊的編輯嗎？」

奧托安黛居然想確認對方是不是編輯！

——我當下給出的回答是「不是的，我只是將探險撰寫成書來反詰世間之人」。

「……那你將自己的責編介紹給敝人認識。」

「不，我是自費出書，所以沒有什麼責編！」

「…………既然如此，敝人對你不感興趣。」

我的記憶到此就忽然中斷，等再次回神之際，我已昏倒在荒野入口村落的前面。

那個毛髮覆蓋住全身的存在到底是什麼？它與那篇自稱是虛無荒野死亡管理者的文章又有何關係？

奧托安黛竟然想靠關係結識編輯！

意思是奧托安黛根本還沒辦法徹底放棄新人獎。不過無法輕易放棄夢想也是人之常情。但她是神明而非人類。

我一把闔上書本。

「書中所述之人究竟是誰？魔族裡並沒有這種人喔。」

別西卜向我尋求答案。

嗯～……隨便把神明的事情洩漏出去當真沒問題嗎？

算了，反正別西卜也沒說會留下官方紀錄，應該不要緊吧。

「書中提到的毛髮聚合體就是死神。」

別西卜露出傻眼的表情。

「為何這個毛髮怪物會是死神？說起死神不是每到夜晚就會手持鐮刀四處收割靈魂的存在嗎？」

「原來魔族裡也存在著這種刻板印象！」

雖然別西卜不太相信那就是死神，但她也沒有繼續追問下去，整件事算得上是圓滿落幕。

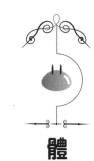

體驗神明的修行程式

She continued destroy slime for 300 years

某天晚上——

我今天也打倒適量的史萊姆準備就寢之際，忽然聽見以下這句話。

——好久不見呀，亞梓莎小姐。

來者肯定是梅嘉梅加神。這句話嚴格說來並不是聽見，所以傳來的並非「聲音」，而是類似心電感應那樣將意念直接流進大腦裡。

不過梅嘉梅加神每次找上門來，十之八九都沒什麼好事……

「難不成妳又跟這世界的神明吵架了？我不會再去當和事佬了。更何況妳已與仁丹搭上線，麻煩妳去找她商量吧。」

因為我還沒睡，所以把語言化成聲音從嘴裡說出來。即使能透過心靈將意念傳達出去，但我還是比較習慣開口說話。

冤枉啊冤枉啊，我這次可是有正經事要跟妳說……！那個，好像也沒太正經喔？妳覺得呢？

「就算妳這麼問我……重點是不知道妳來意的我哪有辦法回答嘛。既然妳身為神明，麻煩請對自己的話語負責好嗎？」

多虧妳的幫忙，能夠幫我累積功德的教義已逐漸推廣至全世界，粗估有一萬五千人的『功德集點卡』蓋章累積到三點以上囉。

「人數增加不少呢，辛苦妳了。」

接下來才是我來找妳商量的正事，為了這些熱心的信徒，我想幫他們製作修行程式。原因是沒有鍛鍊精神方面的課程，難保信徒們會很快就膩了。

喔，難得聽梅嘉梅加神說出這種符合其身分的話語，但我是希望她能早上再談……為何她偏偏要挑在我準備睡覺的時候才跑來嘛……

於是我邀請此世上的著名遊戲設計師朋德莉小姐幫忙，製作出一款修行課程專用的遊戲！

咦……總覺得整件事突然朝著奇怪的方向發展下去……

當我將此事發話給朋德莉小姐知道時，她似乎嚇得不輕，不過在我解釋大約五分鐘以後，她就完全聽明白了。

沒想到朋德莉接受得那麼快，但這裡是個妖精隨處可見的世界，神明忽然跟自己說話也就不足為奇吧。

所以是遊戲製作上遭遇瓶頸嗎？

遊戲最終是順利完成！可以供人盡情修行喔！

「那真是太好了。既然如此，有什麼事需要找我商量……？」

儘管遊戲順利完工，卻總要有人幫忙測試，因此我是希望這部分由亞梓莎

小姐妳來負責，畢竟妳在前世裡應該有接觸過電玩遊戲。

唔！聽起來果然會把我捲入麻煩事。

不過按照方才的內容，有一件事令我頗在意的。

「妳從剛剛就一直提到遊戲二字……但這終究是修行程式對吧……？」

對呀，名義上是修行程式。

「既然妳貴為神明就不該講這種話。」

純粹是在修行裡添加遊戲要素，讓任何人都可以樂在其中。

我希望打造出一款受到萬人歡迎的修行程式，就只是這樣而已。

比起枯燥乏味，有趣點確實比較好，但這樣還能稱為修行嗎？

所以就拜託妳囉～亞梓莎小姐～

◇

當我回神時，自己已被傳送至神祕的異世界中。

至於我為何能斷言這裡是「神祕的異世界」，理由在於地板、樹木以及飄在空中的雲朵全都顯得稜稜角角，狀似由多個小型立方體所組成……

「簡直就像是置身於某種經典遊戲機所形成的空間裡。另外我還沒有答應妳的請求喔……」

「這是透過修行程式產生的精神世界！就讓我們努力破關吧！」

梅嘉梅加神不知何時已出現在我的面前。

對神明而言，祂們想出現或消失都隨心所欲。

「那個，我想睡覺了……我認為人不該在就寢時間繼續工作，既然夜已深就該睡覺。」

假如沒有十分緊要的事情，我希望能睡滿七個小時。

「這部分還請放心，亞梓莎小姐妳將在肉體保持沉睡的狀態下，於精神世界裡接受修行。現在的妳沒有實體，就只是精神體。此處簡言之便是夢中世界，不過這並非睡眠學習而是睡眠修行。」

「那就好……既然有在睡覺恢復體力，也就沒有實質上的傷害了。」

「對呀對呀！至於操作非常單純，妳就邊玩邊學吧。」

又突然冒出這種類似電玩的概念。

「因為亞梓莎小姐現在終歸是精神體，有些地方不同於實體，所以必須先習慣如何操控精神體。啊，剛好有史萊姆跑過來，妳就用它來嘗試看看。」

確實能看見遠處有史萊姆蹦蹦跳跳地逐漸接近。

那隻史萊姆是以粗糙的點陣圖組成，看起來就像是從經典遊戲機裡跑出來的。

「對於那樣的史萊姆，我光靠一記彈額頭就能打倒它了。」

「啊，現實中是這樣沒錯，但在修行程式裡將受限於系統規則，因此無法使出規則裡沒有的拳擊或腳踢。就算是弱小的史萊姆，妳被它撞擊時依然會受到傷害，所以務必要小心。」

因此這是一款動作遊戲囉……

「至於要如何打倒史萊姆——亞梓莎小姐，請妳在心中想著要發動攻擊。」

「感覺史萊姆還離我們很遠耶，那我就姑且試試看囉。」

我嘗試針對位於遠處的史萊姆發動攻擊。

咻！

一把杖從我的體內射出來。
它往前飛了五十公分左右——就消失了。
「剛剛那是什麼現象……？消失的魔杖？」
「當妳想攻擊時，就會發射魔女的基本武器・魔杖，魔杖在命中史萊姆時就會產生傷害。」
「那個，魔杖又不是投擲用的武器！丟完要再撿回來會很麻煩耶。」
「關於這點請安心，魔杖是可以無限投擲的。」
當我打算再投擲一次時，魔杖確實從我的身體裡射出來，隨後又消失無蹤。
「這是哪門子的神祕原理！我就連魔杖是保存在身上的哪裡都一頭霧水！」
「這點小事無須放在心上～反正只是一款遊戲嘛～」
把神明的修行形容成「只是一款遊戲」也太糟糕了吧。
「那就先實際體驗看看第一關吧。亞梓莎小姐，請往前走！」
之前那隻史萊姆慢慢地逼近我。
「看招！」
我發射魔杖砸向史萊姆。
史萊姆當場消失，取而代之是狀似金幣般的東西飄於半空中。
我認為收集這些金幣應該有益於自己，於是上前觸碰金幣。

鏘鋃～！

相信這是取得金幣的效果音。

「喔～！亞梓莎小姐果然有玩過這類遊戲吧？明顯對系統原理相當熟悉！」

「這種事並不重要，話說這根本是模仿某款經典動作遊戲吧？」

「順帶一提，請注意每關限時五分鐘內通過，若是動作太慢超過時限就會出局喔。」

沒必要連這部分都比照經典遊戲吧……

我打倒最初的史萊姆繼續前進。

耳邊不斷傳來「噠噠噠噠、噠噠噠噠」的奇妙聲響。

光是移動也會發出效果音啊……

隨後又碰上相同的史萊姆，以及從空中襲來的蝙蝠。話說蝙蝠同樣長得稜稜角角。

史萊姆被能夠無限發射的魔杖擊中之後就化成金幣。

不過蝙蝠飛在天上的移動方式比較多變，害我很難用魔杖擊中它！

「啊！被蝙蝠碰到了！」

我的身體觸碰到蝙蝠後便不斷閃爍。這部分也很有電玩的感覺。

話說回來，我已能猜出接下來會發生什麼事了。

「在閃爍結束之後，我的身體就會變小對吧？」

我好歹也有玩過某款取得香菇會巨大化、獲得金花就能發射火球的經典遊戲。

在結束閃爍之後——我身上只剩下一套內衣褲。

「唉唷！為何我身上的衣服消失了!?」

梅嘉梅加神再次現身。

「受傷時會損失身上的裝備。請注意一旦在沒有裝備的狀態下再度觸碰敵人，妳就會減損一命。另外取得裝備道具時，身上衣服就會復原囉～」

「即便敵人只是史萊姆和蝙蝠，這身模樣依舊很令人害臊耶！」

我跳起來發射魔杖砸向移動方式十分惱人的蝙蝠，這次順利解決它。話說魔杖命中一次仍無法打倒蝙蝠，必須打兩次才會死。看來敵人也有所謂的體力設定。

我原以為會跟打倒史萊姆一樣掉落金幣——結果竟然出現一把劍。

我猜這也是某種道具，於是上前與之接觸。

「亞梓莎小姐果然很習慣這類遊戲機制！這是強化武器用的劍！除了能提升魔杖的射程，還會連帶加強威力！」

我試著使出攻擊，發現劍的確飛得更遠了。

於是我用劍攻擊位在魔杖射程外的蝙蝠，結果一發解決，當場化成金幣。由於魔杖得打兩下才能夠擊敗蝙蝠，因此威力似乎真的有增加。

儘管這些我已明白——

「可是劍同樣並非投擲用的武器喔！若是採取這種戰鬥方式，很快就會把劍扔光光的！」

「畢竟這是遊戲，就請妳擔待點囉～」

「意思是不管我怎麼抗議，妳都會以『這是遊戲』強詞奪理吧……」

在我如此吐槽之際，背後的地面突然隆起。

只見喪屍從土裡跳了出來！

「這遊戲居然是後方也會冒出敵人的類型！」

明明現實中的我能夠輕鬆閃開，但我在精神世界（以此為設定的遊戲）裡的動作卻變得異常緩慢，看似只能在最後一刻躲開喪屍。

很好，往上跳應該可以趕在接觸前閃掉——

恰恰恰，恰恰，恰恰恰～！

突然傳來一陣奇怪的效果音，我的視野瞬間變暗。

等我回神時，自己已身處在有一隻史萊姆蹦蹦跳跳的初始地點。

先前身上僅剩內衣褲的我也取回原本的魔女套裝。

「咦……？發生什麼事了……？有點搞不太清楚狀況……」

「哎呀～妳剛剛被怪打死了～很可惜妳已失去一條命。雖然生命值的初始顯示是三，不過當生命值顯示為零時還是能繼續遊戲，因此妳實際上有四條命。」

「暫停暫停暫停！我剛剛閃掉了吧！並沒有被那隻喪屍碰到呀！」

我沒有感受到喪屍那種軟爛的觸感。

「系統判定妳已經被碰到了，只能請妳習慣囉。」

「居然是系統判定……等測試結束以後，記得要修正這部分喔……」

「探究世間的真理同樣是一種修行！讓我們一起來學習何謂遊戲設定吧！」

儘管梅嘉梅加神給出的解釋都過於自圓其說，不過我已做好覺悟了。

既然如此，無論這遊戲再糞，我都一定要全破！

我在遊戲裡不斷勇往直前。

諸如記下敵人出現的地點等等，並想好該如何應對。

© Benio

即便已記不清自己聽了幾次失去生命時那「恰恰恰，恰恰，恰恰恰～！」的效果音，以及看了多少次當生命值耗光時「你還有待磨練！繼續挑戰吧！」的接關訊息（上述文字同樣顯得稜稜角角），但我還是成功抵達第一關的最深處。

順帶一提，梅嘉梅加神想現身時就會突然冒出來，感覺上算是提供幫助的ＮＰＣ吧……

於是——

背景音樂忽然變得充滿緊張感。

話說我之前一直沒放在心上，現在想想這世界居然會不斷傳來奇怪的音樂聲……縱然這種現象絕不會出現在現實世界裡，不過遊戲內有音樂是再自然不過的事情。

至於這種音樂肯定是表示頭目登場了。

接著前方就冒出身體構造莫名稜稜角角的武史。

「武史也被設定成敵方角色了……」

「真虧妳能抵達這裡，我是第一關的頭目武史史史。因為尚未徵得當事者的同意，所以有稍微修改名字。」

竟然對無關緊要的部分特別謹慎！

畢竟修行是在腦中進行，我個人認為應該無法鬧上法庭才對。

但既然這是設定成給人來接受修行，讓武鬥家武史的冒牌貨以頭目之姿登場也不足為奇。

它究竟會採取怎樣的攻擊方式呢……？

「話說妳身上有金幣嗎？」

冒牌武史莫名提出這個有損頭目風範的問題。

「嗯，我在第一關應該有賺了五十枚金幣。」

「那就是修行的證明！只要繳交二十枚金幣就可以前往下一關！」

「居然採用花錢就能搞定的機制!?」

不過這麼做可以避免進入頭目戰的話，不失為最佳的解決辦法。

隨即跳出『請問是否繳交金幣？是　否』的系統訊息，我點選『是』之後，武史便消失得無影無蹤。

「亞梓莎小姐，恭喜妳通過第一關！看來修行確實有成效呢！」

大概是頭目戰宣告結束，梅嘉梅加神現身於我的面前，而我剛好有事情想請教她……

「梅嘉梅加神，如果我在第二關耗盡生命值，是得從第一關重新開始嗎？」

「沒那回事，將從第二關重新開始。」

太好了，這部分的設計就沒那麼刁鑽。

◇

第二關是以海洋為舞臺，不過海洋果然一樣顯得稜稜角角。

另外海水是靜止不動，看不見絲毫潮汐和浪濤。

倘若豎耳聆聽，能發現播放的背景音樂已換了一首，看來會按照關卡更換不同的樂曲。

雖然跳進海水裡不會立刻損失一條命，但要是不持續跳躍的話，身體就會漸漸沒入海中，一旦水淹過大腿就會直接判定死亡。

若以現實來考量，即使雙腿陷入海中，只要口鼻在水面上就一定能繼續呼吸，根本不可能大腿才剛沒入水中就死於非命，不過以動作遊戲的系統來考量就能釋懷了。

在無法迅速移動的環境裡遭遇魚型敵人時，老實說相當難纏。

最好就是盡可能別進入海裡，沿著立足點邊跳邊前進。

於是我同樣背下敵人出現的地點和迴避的時機，一步步地慢慢前進。

「亞梓莎小姐，妳真是太厲害了，無論死上多少回都沒有輕言放棄，並穩紮穩打地突破難關……」

梅嘉梅加神發自內心地稱讚我。

「因為我早就看清這是一款必須記住通關方法的遊戲。比方說馬上跳到前方的立足點，絕對會被突然竄出的敵人撞個正著，需要稍待片刻再前進等等，絕非首次來到這裡就有辦法順利通過。」

這類遊戲並非端看玩家的技巧，而是必須謹記每個難關的攻略方式。

基於這個理由，大可不必因為死太多次就惱羞成怒，而是將失敗活用於下一次的挑戰！

這時，背景音樂又變得充滿緊張感。

「看來是第二關的頭目登場了，這次到底會是誰呢？」

結果又是稜稜角角的冒牌武史冒出來。

「居然是同一個角色！好歹也該出現與海有關的角色啊！」

正當我以為這樣就結束時，忽然又再冒出一隻冒牌武史。

「竟然一次出現兩隻！這世界的規則到底是怎麼回事!?」

負責解說的梅嘉梅加神隨即現身。

「基於精神世界的容量關係，全都套用第一關的頭目。」

「精神世界的容量也太小了吧！」

兩隻冒牌武史分別表示得提供二十枚金幣才能夠放行，意思是總計要交出四十枚金幣……

因為我有累積充足的金幣，所以選擇再次付錢來規避頭目戰。

這是想表達世上也存在著可以透過金錢擺平的紛爭吧……

◇

我穩紮穩打地攻略第三關的洞窟關卡。

雖以動作遊戲來說感覺過於刁鑽，但我也只能硬著頭皮上，原因是我不能放棄遊戲去睡覺。根據解釋，現實的我似乎正處於睡眠之中。

此時又傳來頭目戰那首充滿緊張氛圍的音樂。

這次總不會是出現三隻冒牌武史吧……？

結果是由稜稜角角的洞窟魔女艾諾來擔任第三關頭目。

「我是洞窟魔女艾諾諾諾諾。修行者啊，我已見識到妳的實力了。」

「既然名字有修改過，表示這也沒得到當事人的同意囉。」

「只要妳願意支付五十枚金幣購買我的藥，我就特別准許妳通過。」
「如果每次都這樣的話，乾脆別設計頭目算了！」

付錢給頭目就能放行的動作遊戲，想想也算是滿新穎的……

◇

第四關是空間會強制往上移動。
地面會隨著時間經過逐漸消失。看來這個世界是強迫玩家得不斷往上爬……
儘管口頭上有點難以形容，不過以電玩來思考的話，基本上是可以理解。
上方能看見類似立足點的物體，所以我只要持續往上跳就好吧。
「若是從沒有立足點的地方摔下去就會直接損失一命，請務必要當心喔～」
飄於半空中的梅嘉梅加神如此提醒。
老實說我也想直接飛上去，偏偏這遊戲裡不能使用魔法。
一直待在原地會因為地板消失而直接喪命，這種事單以概念而言明顯是非常詭異，不過電玩裡就莫名能合理化。
想想動作遊戲裡有滿多不合理的設定。諸如用腳踩踏敵人便能造成傷害就很詭異，比方說我用腳踩蝙蝠，蝙蝠是必死無疑，反觀玩家是毫髮無傷。實際上也的確存在著透過踩踏來打倒敵人的動作遊戲。
「不管怎麼說，我已經很熟悉這款遊戲了，看我就這麼一路往前衝——！」
我俐落地躲開在地板上移動的敵人，或是投擲長劍打倒敵人，同時跳向位於上方的地板往上爬。嗯，看來第四關還滿簡單的！
正當我接連突破障礙——
我的頭忽然撞到某種東西，就這麼把我推了回來。
「啊，亞梓莎小姐，妳太急著前進了。在空間移動過去之前，因為範圍外的精神世界一無所有，所以導致妳無法前進，請等到地板出現之後再往上跳。」
「果然動作遊戲的許多概念都讓人難以接受。」
誰叫這世界的上下範圍太狹窄了！另外又是透過何種力量來強制移動空間的？簡直就是莫名其妙！
「對信仰堅信不移，絕不抱有任何疑慮，這也是修行時不可或缺的要素喔～」
「梅嘉梅加神，很遺憾無論妳如何解釋都只像在說歪理……」
一段時間後，我終於抵達應該是第四關最高處的地板。

隨之傳來同樣的頭目戰音樂（雖然到現在都還沒戰鬥過）。
就如我所料，這次是出現兩隻冒牌艾諾。
「像這樣藉由增加敵人數量來提升難度，未免也太卑鄙了吧！」
「一旦精神世界的容量問題獲得解決，我打算更動這個部分。」給出上述答覆的梅嘉梅加神，對此似乎多少有在反省。

◇

這次是第五關。感覺這類動作遊戲最多都不會超過十關，相信我已來到修行程式的後半段了。
第五關的地面完全結冰。儘管我一看就心裡有譜，不過地面真的很滑。
若是沒有小心應對的話，甚至有可能一頭撞上廢渣怪史萊姆……
偏偏這時還碰上更刁鑽的情況。
當我奮力一跳越過冰海，移動至對側的地面之際——著陸點竟然冒出一隻企鵝！
這安排也太機車了吧！
於是我與企鵝正面衝突，就這麼受到傷害。
原本穿著長袍的我頓時只剩下一套內衣褲。

害我不由得全身起雞皮疙瘩。

「冷死我了！明明是精神世界，我還是能感受到寒冷喔！」

我用雙手環抱住自己的身體。這狀況真叫人吃不消！

「請放心，亞梓莎小姐，妳並不會因為寒冷而受到傷害喔～」

「問題不在這裡啦！梅嘉梅加神！」

若是不趕緊取得裝備道具穿上長袍的話會很不妙，眼下只能將沿途那些有可能掉落道具的敵方角色通通打倒。

這種時候偏偏就只有不斷刷到武器……

「是時候該掉個裝備了吧！」

我以近乎祈求的心情拿劍扔向企鵝（我並沒有在虐待動物，純粹是打倒遊戲內的敵方角色）。

打倒企鵝之後，掉落一個稜稜角角縮小版的我。

這應該是增加生命吧。是很令人開心啦，但我現在更想要衣服……

「不過從企鵝體內爆出一個縮小版的自己，同樣是個令人匪夷所思的現象……」

大概是我開口吐槽的緣故，梅嘉梅加神再次現身（她不知為何身上穿著大衣與圍巾）。

「這是修行的一環，透過視覺化的呈現向大家傳達要懂得面對自我。」

「那也沒必要特地跑來解釋啊，反而讓人覺得是一派胡言。比起這個，難道妳不能讓這裡別那麼冷嗎？」

「體驗天寒地凍也是一種修行方式。妳試想看看，假如有個穿上防寒大衣的修行者，那模樣一點都不像是來修行吧？所以這時本來就該少穿點。」

反正我只要在途中不小心損失一命，就會從一身內衣褲變回原來的長袍打扮，可是唯獨這種時候就攻略得異常順利。想想我已相當熟悉這款遊戲了。

「因為這裡有個大洞，眼下只能一鼓作氣跳到對側的立足點上，但我懷疑一抵達那裡就會立刻碰上敵人，所以得先做好追加一次小跳躍的準備。」

「亞梓莎小姐，妳似乎已經識破我的心思了。」

「像這種必須記下敵方位置才有辦法攻略的遊戲，多玩幾次總會掌握訣竅呀！」

照這樣下去，我可能會以內衣褲打扮抵達頭目那裡。反正頭目都是些「冒牌貨」，就算只穿一套內衣褲站在其他人面前是滿丟臉的，倒是也無傷大雅。

不過隨著頭目戰的音樂響起——

竟是正常模樣而非稜稜角角的別西卜出現在此處。

「妳怎麼只穿一套內衣褲……？難道是所謂的單薄打扮健身法嗎……？」

「為何這次出現的偏偏是本尊嘛!?」

「在小女子準備就寢時，忽然有個名叫梅嘉梅加的神明來找小女子。」
所以別西卜也是受害者啊。
「她原本想讓我的『冒牌貨』來擔任頭目。」
別西卜往旁邊一指，能看見該處有個稜稜角角的別西卜。
假如對手是別西卜本人，感覺很有可能會陷入苦戰。
畢竟她把我視為競爭對手，我和她又曾在武術大會裡交過手，如今即將在這裡再戰一場。
這情況確實給人一種修行的感覺。
「別西卜，我稍微問妳一個問題，若是我支付金幣的話，妳願意放行嗎？」
「妳在瞧不起人嗎？天底下哪有這種頭目，妳就儘管放馬過來吧。」
問題是截至目前為止，幾乎所有關卡都只要花錢就搞定囉……
算了，眼下已別無他法。
雖然只能採取無限投擲長劍的奇怪戰鬥方式，但我仍會全力以赴的！
畢竟我被迫遊玩這款遊戲到現在，對於自己的操控方法（儘管這形容很詭異，卻是再貼切不過）已駕輕就熟。
倘若別西卜還不習慣操控自己，我就有機會完勝她！
話雖如此，別西卜不知為何開始在放置於戶外的桌子上發牌。

「什麼？難道妳是會利用塔羅牌來決定今日行動的那種人嗎……？」
「沒那回事，而是我們以對對碰來一決勝負。」
「這不算是動作遊戲吧！」
跟橫向卷軸動作遊戲裡的頭目玩對對碰也太奇怪了吧！
「小女子也沒辦法呀，因為規則就是這樣。那就由小女子先攻囉。」
是老虎圖案。
順帶一提，老虎畫得並不可怕，是看起來很可愛的普普藝術風格。
「是老虎，另一張是……兔子。因為沒湊成對，現在換妳翻牌了。」
「居然真的很老實地在玩對對碰……」
「另外根據梅嘉梅加的說法，這遊戲堪稱精神修行。」
「意思是在家玩對對碰的法露法和夏露夏也在接受精神修行嗎？」
於是我們就這麼玩起對對碰，在毫無高潮起伏之下是我獲勝。

◇

第六關的氛圍與以往的關卡是截然不同。
從背景能明顯看出位於城堡內，音樂也比之前更加充滿緊張感。

足以證明我已相當接近最終頭目了。

敵人的攻擊也變得更為刁鑽，另外城裡還有設置長滿針刺等類型的奇妙陷阱，導致我不斷接關。或許因為這就是修行的一環，以動作遊戲而言是難度偏高……

當我還活在日本時所推出的電玩遊戲，有幾款是不願迎合玩家的技術，甚至能讓人感受到有本事破關就儘管來挑戰的意圖。第六關差不多就是給我這種感覺。

但我最終還是成功抵達狀似頭目房的大門前。

我一走進去，只見冒牌武史就站在裡頭。

「難不成這是動作遊戲裡常見的套路，之前出現過的頭目們會接連登場嗎!?」

但既然是同個頭目，代表攻略方式也一模一樣，所以我又藉由支付金幣來規避戰鬥。

想想這遊戲裡收集到的金幣，就只能用來避免與頭目對戰罷了……

冒牌武史注視著我手中的金幣，張嘴說出以下這句話。

「亮晶晶的金幣果然很讚，可是正所謂金錢無法收買人心，相信妳已透過修行頓悟出這層道理了吧。」

「明明你都跟我討過錢了，真虧你還能說出這種大道理！」

「那麼，請妳進入接下來的中頭目房。」

冒牌武史所在的房間深處憑空出現另一扇門。

下個房間一如我的預測是冒牌艾諾等在裡面，這次同樣是付了錢就不必戰鬥。

這種通關方式確實有必要調整……

後面的房間也如我所料，一走進去便碰上別西卜。

「喔～妳來啦。第六關似乎還頗困難對吧。」

「還要玩對對碰嗎？我會全力以赴的。」

「這次就改用文字接龍來決勝負吧。」

「居然挑選這種當兩人太無聊時才會玩的遊戲！」

正當我擔心文字接龍很容易玩個沒完沒了之際，我發現牆上排列著畫有各種圖案的板子，就只能從中挑選詞彙。

原本我覺得以這種做法是能稱之為遊戲，只可惜那些圖案都抽象到讓人很難看懂。

「因為點陣圖的解析度太低，有許多圖案都讓人無法一眼就看懂在畫啥！諸如這狀似煙囪的東西竟然是燈塔……至於這宛如馬車車輪般的東西卻是水車……」

「關於妳在遊戲裡說過的每句話，應該都會被視為測試玩家的意見予以採納。看來還有許多需要改進的地方。」

我和別西卜玩著不知何時才會結束的文字接龍，在經過一段時間之後——

「差不多了，這場就算妳贏吧。」
別西卜忽然宣布棄賽。
「頭目缺乏幹勁也算是需要改善的問題吧……？」
「妳誤會了，是小女子體內有設定通關的基準值。看來這部分還是公開在玩家眼前會比較好。」
別西卜將需要改進的地方寫入筆記之中。她的這種反應倒是十分符合公務員的作風。
「而且讓最終頭目等太久也不好。亞梓莎啊，倘若等在小女子之後的就是最終頭目——妳覺得會是誰？」
別西卜以別有深意的疲倦嗓音說著。
「原來如此……表示等在前方的最終頭目是……」
下個房間裡有一張王座，不出所料等在那裡的正是佩克菈。
「姊姊大人，我已在此恭候妳多時了呢～♪」
「我想也是～」

這好歹是一場修行，自然會挑選我認為棘手的人們來擔任頭目。
如此一來，佩克菈會出現在這裡是再正當不過。
「我同樣不會對姊姊大人手下留情的。」
「嗯，要不然就無法算是修行了。就讓我們別留下遺憾全力一戰吧。」
「若想取回公主的話，就請妳打敗我奪下勝利吧！」
「暫停暫停暫停！從頭到尾都沒提過我是來拯救公主的吧！」
我根本沒聽說過修行以外的其他設定喔！
「少說廢話！勇者亞梓莎，一決勝負吧！」
我莫名被當成勇者了……看來故事設定是勇者前來營救被魔王擄走的公主。
佩克菈真不愧是最終頭目，著實是一名強敵。
而且我就只能類似動作遊戲那樣行動得非常遲鈍，反觀身為對手的佩克菈並非「冒牌貨」，因此以平常的身手來去自如，這未免也太扯了吧！
佩克菈在打傷我之後，抓準我沒有退路的瞬間展開追擊。
「姊姊大人，妳露出破綻囉～！」
我被繞至背後的佩克菈一把抱住，畫面便立刻變暗，同時傳來玩家落敗的背景音樂。
恰恰恰，恰恰，恰恰恰～！

當我回神時，已回到別西卜所在的房間。
「保存點在這裡，一旦妳輸了就會在此處重生。」
「太好了……假如是被送回一開始的地點，我已沒有金幣能付給冒牌史拉與冒牌艾諾了。」
「依照遊戲系統的規則，若想前往下一關也能選擇賒帳。」
「這樣的話，它們已經算不上是頭目了吧……」
至於別西卜也跟之前一樣，稍微玩一下文字接龍就會放行讓我前往佩克菈所在之處。

在這之後，我完全被佩克菈玩弄於股掌間。
由於我只能向前方投擲長劍，因此遭人從正上方攻擊將無力反抗。
反觀對手是一觸碰我就能造成傷害，這遊戲的平衡性簡直糟糕透頂。
話雖如此，在重新挑戰過無數次之後，我已記住對方的攻擊模式。
即便佩克菈不是遊戲角色，仍有一些習慣動作和特性。
只要記住這些，我就有機會取勝！
這是我第十五次來到佩克菈所在的房間內。

「我已摸清妳的攻擊模式了，看我來全破這款遊戲。」

「是嗎？那就請妳別疏忽大意，不要只是耍耍嘴皮子囉！」

佩克菈立刻衝了過來。

面對這樣的速度，我只能束手無策地承受碰撞，身上裝扮從魔女長袍變成只剩下內衣褲。倘若再遭受攻擊，我就得重新來過了。

「什麼嘛～妳還是一樣被打得無力招架喔，姊姊大人。」

不，真正的戰鬥才正要開始。

我接下來靈巧地躲開佩克菈的攻擊，並確實用劍擊中佩克菈。

因為我並非徹底精通操作，仍經常發生劍沒命中目標的情況，不過躲避佩克菈的攻擊倒是完全沒問題。

即使得耗上不少時間，佩克菈受到的傷害理當有增無減！

「唔唔……沒想到姊姊大人是陷入絕境時會越戰越勇的那種人……」

「那是因為妳有一個弱點！佩克菈！」

我指著佩克菈大聲宣布。

「一旦我受傷褪去長袍只剩下內衣褲時，妳的攻勢就會減緩！」

沒錯！當我陷入再受一次傷就會落敗的狀況時，遊戲難度就會稍微降低！

「居然被姊姊大人發現了……其實看妳一臉害羞、努力奮戰的模樣當真是很有意思……」

「所以妳就只是想捉弄我吧！」

不過佩克菈會因此露出破綻卻是不爭的事實。我拚了命把劍射向佩克菈。

當我用劍擊中佩克菈超過十次的時候——

這場戰鬥終於宣告落幕。

「唔～……沒想到身為魔王的我居然輸了……」

佩克菈在故意撂下這句臺詞的同時，她的身體也不停閃爍。我成功擊敗最終頭目了！

「被抓的公主就在前面。是妳贏了，勇者亞梓莎……」

語畢，佩克菈就消失了。話雖如此，這裡畢竟是精神世界，相信應該不要緊才對。

房間深處確實出現另一扇門。

儘管我不清楚公主是否就在裡面，但我應該已經全破修行程式，不知梅嘉梅加神會不會為我獻上祝福？

我直接上前推開那扇門。
隨即有人衝了出來，就這麼一把抱住我。
這位就是公主嗎!?
抱在我身上的該不會是打扮成公主模樣的梅嘉梅加神吧？
雖然有些牽強，但還是能傳達出我與神合而為一的意思。

「姊姊大人，謝謝妳特地來這裡救我～♪」

結果竟然是佩克菈！
「先等一下！為何佩克菈妳還在這裡？我不是才剛打倒妳嗎!?」
「在被魔王擄走以後，我不禁死心放棄希望，幸好最終仍相信勇者亞梓莎姊姊大人會來救我！」
「居然一人分飾兩角！」
話說勇者跟姊姊大人的設定是一整個很衝突喔。
「佩克菈確實是魔王，卻又看起來像個公主，以角色分配來說是沒啥問題。不對，想想還是滿牽強的……」
佩克菈緊緊抱住我不肯鬆手的這段期間，梅嘉梅加神出現在一旁。

「嗯～亞梓莎小姐真擅長玩遊戲呢，我沒想到妳能在第一天就打倒最終頭目。」
「拜託別忘了修行的設定好嗎!?這好歹是修行而非遊戲！」
「多虧亞梓莎小姐戰勝魔王，並且順利救出公主，相信這個世界也能恢復和平了。」
「這些故事設定未免也太晚告知了吧……」
「其實這是我在亞梓莎小姐妳挑戰關卡的期間剛好想到，才臨時套用進去。」
居然即時更新遊戲版本。
在佩克菈終於鬆手後，我才得以沉浸在全破關卡的餘韻之中。
「雖說這其中充斥著大量槽點，不過全破之後仍讓人有股成就感。」
相信這股成就感是來自於完成修行的感動吧。
「辛苦妳了，亞梓莎小姐。妳讓我能抬頭挺胸大聲說出，當初堅持製作這款遊戲的決定並沒有錯，畢竟遊戲就是要讓人從中得到樂趣。」
「儘管妳已懶得顧全顏面堅稱這是修行的態度很令人無語，但還是辛苦妳了。」
這下子我就能好好睡覺，以神清氣爽的心情迎接明天。
「那麼，就請妳按照這樣的步調去全破隱藏關卡吧！」

我好像聽見一句不能當成耳邊風的話語。

「……那個，不好意思，請問隱藏關卡是什麼意思？」

「妳必須全破敵人和陷阱數量都大幅增加的高難度隱藏關卡，才算是完成此次的修行！我很期待妳有更進一步的表現——啊，亞梓莎小姐，妳的眼神看起來好可怕……」

面對這種情況，我覺得自己有資格發飆。

至於還待在房間裡的佩克菈，就這麼開心地表演起一人分飾兩角的奇怪短劇。

「哼哼哼，公主啊，我又來擄走妳了。救命啊，勇者大人！就算警備再森嚴，妳也休想逃出本魔王的手掌心。不管妳抓走我多少次，勇者大人都會來拯救我的！勇者啊，我就在魔王城等妳來挑戰。勇者大人，我會在魔王城等待著妳的到來！」

「拜託誰來救救被迫挑戰隱藏關卡的我啊！」

梅嘉梅加神來到我的面前搖搖頭說：

「亞梓莎小姐，這正意味著善與惡本就是一體兩面。」

「肯定是妳又在那邊穿鑿附會吧。」

「這全是肺腑之言，不過都是我剛剛想出來的。」

一想到我是多虧這位態度如此散漫的神明才得以擁有現在的生活，我的心情就五味雜陳。

迫於無奈，我拚了命挑戰高難度的隱藏關卡。

我在擊敗飾演魔王的佩克菈之後，經過二十秒又被飾演公主的佩克菈一把抱住。

這次是真的全破遊戲了。

只見半空中投影出以下這段製作人員名單。

製作人　梅嘉梅加神
協助開發　朋德莉
演員
頭目　別西卜
魔王　佩克菈
公主　佩克菈
測試玩家　亞梓莎
※這是由神打造的修行，作中雖有酷似武史和艾諾的角色登場，但與當事者完全無關，另有內容相類的遊戲皆純屬巧合。

「這聲明內容未免也太慎重了吧！」

當我隔天清醒以後，明明睡眠時間相當充足，腦袋瓜卻覺得莫名沉重。

來自怪盜的預告信

傍晚時分，從工廠返家的哈爾卡拉遞給我一張長方形的紙片。

「師父大人，我決定開辦展覽會！」

紙片裡寫著以下內容。

特展
哈爾卡拉製藥
博物館的
至寶
展覽期間▼直到聖古瑪賈哈斯日
※每張票券供一名成人使用，
最多能帶一名孩童免費入場。
入場券
entry ticket
000001

「對吼，差點忘了哈爾卡拉妳有經營一間博物館……」

She continued destroy slime for 300 years

我曾在仁丹女神的拜託之下去清理池塘。雖然起因是希望我幫忙解決蚊蟲太多的問題，但在途中發現竟有鱷魚棲息在那裡，害我們吃了不少苦頭。

於是仁丹把信眾捐給大聖堂的寶物送給我做為回報，而且數量不光只是一、兩件。該說神明都很大方嗎？還是單純生性馬虎呢？感覺仁丹具體上也不清楚自己送了我什麼東西。

後來在能夠代為鑑定任何物品、來自魔族的鑑定騎士團幫忙鑑定以後，發現這些寶物都十分珍貴——

結果就讓哈爾卡拉順便興建一座博物館來保存。

儘管幾乎忘了這座博物館就位於納斯庫堤鎮郊外，不過它是由我們一家人所有。

想想我們家變得滿有錢呢。

「這樣啊，原來博物館營運順利到可以開辦展覽會了。」

這邊就不得不佩服哈爾卡拉的幹勁。雖說這個小妮子是很厲害，偏偏她經常失誤，所以又不太會讓人覺得她是個女強人。

只不過我也不想和類似資訊公司老闆那種滿腔抱負的傢伙生活在一起，因此個性悠哉的哈爾卡拉對我來說或許是剛剛好。

「畢竟機會難得，希望師父大人也能來參觀一下。誰叫師父大人妳至今幾乎沒來過博物館。」

「咦？我有去過一次呀……難道大家滿常去的嗎？」

我對這種地方並沒有特別感興趣，但至少有去露過臉。

因為自己經常跟魔族或妖精們扯上關係，導致我都快忘了這裡是相當清靜的高原，基本上沒什麼娛樂活動，所以博物館算是相當寶貴的觀光地點。

「小夏露來過五次，萊卡小姐則是七次。」

「原來她們這麼常去呀！」

萊卡和夏露夏在不知不覺間已來到哈爾卡拉身邊收下入場券，看來這兩人當真很喜歡博物館……

「哈爾卡拉小姐，請問展覽期間是否會按照日程更換部分的展示品？若是這樣的話，我希望能有兩張入場券。」

關於萊卡的發言，一聽就知道是熟知博物館展覽的內行人……

「請放心，展覽期間並不會更換展示品。」

「哈爾卡拉小姐，請問這張票也可以去參觀常態展示區嗎？」

夏露夏同樣提出內行人會有的疑問。

「可以喔，不過小夏露妳已經參觀過許多次常態展示區了吧？」

「好東西是無論欣賞幾次都沒問題，而且待在博物館裡能令人靜下心來，適合用來思考事情。」

我的某幾位家人還真有教養呢。
「我房間裡都會放幾張入場券，妳們需要的話就隨時拿去。話說回來，妳們只要表明是社長的家人，應該都會放行才對。」
「才沒有那回事呢。」
芙拉托緹因為哈爾卡拉的這句話提出駁斥。
「之前人家看博物館內很涼爽，剛好適合給人睡午覺便想進去，結果就被櫃檯人員擋下來了。」
「那是因為芙拉托緹小姐妳這麼做，會給參觀博物館的其他人造成困擾！話說櫃檯人員原來有在好好工作，真是令人欣慰呢。」
想想也是……就算這是哈爾卡拉興建的博物館，如果她的家人會惹出問題也同樣禁止進入，給人一種相當敬業的感覺。
言歸正傳。
既然博物館正在舉辦特展，我就帶女兒們一起去參觀吧。
「吶，夏露夏，想不想和媽媽我一起去博物館呢？」
「當然想，這種事完全不需要確認。」
其實我早就料到夏露夏是不會拒絕的。
法露法的反應卻在我的預料之外。

「法露法就不必了，人家會自己找機會去參觀。」

咦？法露法不去嗎？難不成因為我只有詢問夏露夏就鬧脾氣了？那她可是完全誤會了……

「因為跟夏露夏一起去就得聽她冗長的解說，根本就是疲勞轟炸，而且解說內容還會離題。」

「啊，原來是這樣呀……」

我已經搞懂是怎麼回事了。

「夏露夏又沒有在博物館裡大吵大鬧，所以這算不上是問題。」

「法露法想靜靜欣賞，所以會自己挑時間一個人去參觀特展。」

想想參觀展覽的步調因人而異，有些人就是喜歡獨自悠然自在地參觀。

於是乎，這次就是我和夏露夏兩個人一起去參觀博物館。

◇

我挑了個好天氣的日子，朝著位於納斯庫堤鎮郊外的博物館前進。

幸好來博物館參觀的民眾並不多，假如人潮擁擠就無法好好欣賞了。

「哎呀，夏露夏小妹妹，妳今天是和媽媽一起來呀。」櫃檯大嬸向我們攀談。看來夏露夏已是參觀博物館的老面孔了。
博物館內部的照明有些昏暗，不過剛好適合讓人欣賞展示品。

第一章
供奉於仁丹大聖堂的各式武裝

仁丹女神是眾所周知的勝利女神，各地信徒慕名將許多武裝供奉至大聖堂。這裡就為大家介紹保管於博物館內的多種武裝極品。

哈爾卡拉製藥博物館的至寶

原來如此，不管哪個世界都會有人祈求神明為自己帶來勝利，看來就連魔法存在的世界也不例外。
第一件展示品是漆黑無比的鎧甲。
「看起來好沉重……穿著這東西戰鬥應該會很累吧……」
「這是諾基亞慎重公爵所供奉的鎧甲。他在英雄戰亂時代於凱拉州擔任領主，相傳他每晚都會針對『火源是否已熄滅』、『門窗是否已關緊』、『明日行程是否有變動』確認過三次才入睡。」

「他未免也太慎重了吧！」

多虧夏露夏的解說，這趟參觀應該會很有意思。畢竟我對寶物以及武裝都沒什麼研究。

不過由孩子負責解說，以一名母親的立場來說頗讓人無言以對……

不，這反倒是雙親常有的情況。

就像孩子喜歡恐龍而經常翻閱相關叢書，一般而言不太可能發生雙親在這方面具備比孩子更豐富的知識，這種時候唯獨身為恐龍學者的雙親才有能耐教導孩子。

若是碰上一般人普遍都不具備相關知識的專業領域時，大人絕無可能比一位對該領域抱持興趣的孩子懂得更多。

好，接下來就乖乖接受夏露夏的指導吧。我對此完全不會感到害羞。

繼鎧甲之後的展示品是一面厚重的盾牌。

盾牌以斜放的方式讓人能清楚看見其厚度。感覺上與其說它是一面盾牌，不如說是牆壁會更為貼切。

相信不可能有劍能刺穿這面盾，但盾牌也算不上是具備優異的實用性，畢竟拿著牆壁進行戰鬥，根本沉重到完全動不了。天底下沒有任何人會舉著這東西上戰場的。

「光是拿起這面盾，就能鍛鍊出強壯的肌肉了。」

由於我對盾牌沒有多少研究，感想自然也相當膚淺。

「還是因為要供奉給神明，就只是把它打造得特別厚實，完全沒考慮實用性嗎？」

「人家也同意媽媽的說法。說明簡介裡有提到這是馬可西亞不服輸侯爵供奉的盾牌。」

我聽完這些仍毫無概念，難道我該多讀點歷史嗎？

「不服輸侯爵在城堡被弟弟奪走之後，便四處流浪拜訪各地領主，請求對方幫忙奪回城堡，歷時長達七年，共造訪四十五處。」

「這個人還真是死纏爛打耶。」

「但他遲遲找不到願意幫忙的領主，甚至有個領主說『往來兩地步行需要長達十五天的時間，你還是去拜託相鄰的領主吧』予以婉拒。」

「這句話真是太中肯了！」

既然這位侯爵探訪過四十五個地方，表示他也找過地處偏遠的領主，不過這對位於遠處的人來說是事不關己，情況與借錢給沒帶錢包的人搭電車是截然不同。

「順帶一提，不服輸侯爵在十年後成功奪回領主的地位，這面盾牌便是於當時供奉給大聖堂，並在盾牌內側雕刻以下文章——『拜仁丹女神所賜，我才得以返回昔日的城堡，願獻上此物以表感謝』。」
「喔～意思是他在奔波十年後成功一償夙願呢。」
他那努力不懈的精神確實值得讚賞。
「他之所以能奪回城堡，是因為找到幫手嗎？還是自己去招兵買馬呢？」
「是弟弟自願奉還領主之位。弟弟在當時曾說『我本以為當上領主就能找到更多樂子，偏偏現實與想像相差甚遠』。」
「不服輸侯爵還真是什麼事都沒做耶！」
「相傳不服輸侯爵被四十五處的領主拒絕後，便開始向供奉於各地的神明祈禱能取回領主之位。由於收到弟弟聯絡說願意交還領主之位當時，侯爵恰好於日前參拜過仁丹大聖堂，因此認為是多虧女神的保佑而獻上盾牌。」
「比起保佑，我覺得只是巧合罷了。」
下一個展示品是足以讓一個人躲在裡面的巨型頭盔。
「這東西應該毫無實用性吧。一看就覺得只是為了供奉而製作的。」
話說這世界似乎存在著巨人，難不成是專為這類種族設計的？
「這是尤希賈納州的基爾森回籠覺侯爵所供奉的頭盔。」
「這稱號也太爛了吧！」
這個人大概除此之外就沒有其他特徵了……

「基爾森回籠覺侯爵在英雄戰亂時代裡是特別好戰的其中一人，即使說他是為戰爭而生也不為過。」
「原來曾有過一段人類之間不斷打仗的年代，幸好現在變得十分和平。」
「聽說他的戰績是三十二勝三十九敗。」
「居然是輸多贏少！」
怪不得即使是為戰爭而生，卻得不到豪膽公爵那種很有霸氣的稱號，只被人稱為回籠覺侯爵。
撇開此事不提，看著現場的展示品，我忽然有個疑問。
「夏露夏，謝謝妳的解說，讓我更了解供奉者的來歷了。」
夏露夏稍微點了個頭。
「這都是些歷史名人，算不上是什麼解說。」
「話說這頭盔上的徽章好漂亮，究竟是怎麼做出來的呢？」
感覺很像是嵌入類似寶石的東西，我看不出怎麼做的。
夏露夏突然全身僵住了。
畢竟在博物館裡四處亂竄反而才奇怪，儘管夏露夏的動作算不上誇張，卻彷彿時間暫停般徹底靜止不動。

「其實夏露夏並沒有了解得那麼透徹……若是說錯又會給媽媽增添困擾……所以對於不知道的事情就只能保持沉默……」

「這樣呀，但妳沒有故意裝懂的態度也很棒喔，夏露夏。」

我內疚地摸了摸夏露夏的頭。

這表示夏露夏並沒有將展示品的工藝和美術價值掌握得那麼清楚，想想她都是鑽研比較偏向文學方面的知識，兩者在學問上是屬於不同類型。

法露法之所以不願和夏露夏一同前來博物館，我想原因就出在這裡。

恐怕夏露夏老是在聊一些與歷史有關的話題，而法露法則比較想了解展示品本身的相關內容。

依照法露法的個性，她首先應該是想知道展示品的價值，諸如該武裝具有哪些特色和魅力，而非是由何人供奉的。

話雖如此，突然立刻聽人解釋美術方面的專業知識，大多數的人應該都聽不懂，因此像夏露夏這樣聊聊展示品的軼聞並沒有任何不妥，純粹是喜好問題。

「……那個，媽媽。」

低著頭的夏露夏輕聲呼喚我。

「嗯？什麼事？」

「夏露夏今後也會鑽研美術史。」

說得好。

「嗯，夏露夏真棒，妳有這份心意就已經很厲害囉。」

我繼續撫摸夏露夏的頭給予她勉勵。

在這之後還有相當充實的展覽內容。

「嗯～這讓我切身體會到自己從那位女神手中收下多麼大量的東西呢……想想這些原本都封存在高原之家耶……」

「話說收下的收藏盒裡應該還裝有各式小型珠寶首飾，但這類東西就不適合展示在博物館內，當然地點已經規劃好了。」

「原來如此……感覺有好多仁丹並不知道的貢品呢。」

畢竟仁丹大聖堂那邊就已經管理不來了。

像這樣釐清其價值並展示出來，讓一般人能夠來參觀欣賞，或許是非常美好的事情呢。

難道出口就在那邊嗎？於是我朝著比展覽室明亮一些的方向走去。

出口前方放著一塊莫名招搖的看板。

博物館相關精品與哈爾卡拉製藥商品
全面熱銷中！
另有販售博物館限定的特製調酒！
『營養酒』全品項
都在這裡！
哈爾卡拉製藥博物館的至寶

哈爾卡拉果然滿腦子都想著做生意！

直到最後的最後，讓我深刻體認到這果然是哈爾卡拉經營的博物館。

◇

為了感謝哈爾卡拉，今天的晚餐比平常稍微豐盛一點。

想想舉辦展覽在準備上肯定是非常辛苦，因此犒賞她一下也是應該的。

（儘管是我個人意見）我認為基於想得到他人的稱讚而採取行動，以動機來說實屬不妥。原因是這種人一旦得不到表揚的話，就不肯去做任何事情。

就算得不到表揚，若是自己覺得有趣就該付諸實行。

另一方面，假如看見他人做了自己眼中很棒的事情，就該毫無保留地讚美對方，將心中的讚賞傳達出去。

所以我要表揚哈爾卡拉！

能聽見龍少女在一如往常的時間降落於高原之家附近。今天是萊卡負責去接哈爾卡拉回來。其實我能透過翅膀的擺動聲來辨別萊卡與芙拉托緹。

在見到哈爾卡拉之後，我就要對她說展覽會辦得很好。

只可惜這個安排沒能實現。

「亞梓莎大人，大事不好了！」

萊卡神色慌張地衝了進來。

「咦？難不成哈爾卡拉又誤食毒菇了嗎？」

比起萊卡不慎闖禍，反倒是哈爾卡拉惹出事端的機率高出許多。

只見哈爾卡拉慢悠悠地跟在萊卡之後走進屋內。

而她手裡握著一張類似羊皮紙的東西。

「師父大人～發生一件不得了的事情囉～」

「瞧妳們兩人的反應相差好大……到底發生什麼事了？」

「今天我在工廠的辦公室內發現這個喔～」

哈爾卡拉將手中的羊皮紙遞給我。

我將於聖奧賈袞斯日的日落時分，取走貴館所收藏的馬可西亞不服輸侯爵的盾牌，無論貴館到時要如何加強戒備都請自便。

※若逢天候不佳就會延期，至於日期將再行通知。

怪盜凱荷茵

居然是看似來自怪盜的預告信！

原來當真存在著這種東西，我還以為這只會出現在故事裡頭。

但仔細觀察後，我注意到一個奇怪的地方。

「如果天氣過於惡劣會延期呀，這怪盜還真守規矩呢。」

「這麼說就不對囉，師父大人，正因為是怪盜中的怪盜，才更要講究所謂的規矩，而這才是貨真價實的怪盜！雖然我從未真正見過！」

既然如此，希望妳別說得這麼篤定。

「嗯～終於輪到我們的博物館被怪盜盯上了，我還真是與有榮焉呢！畢竟博物館就該被怪盜盯上！這等於是讓世人知曉我們這裡有價值不菲的東西喔！」

博物館館長簡直快嗨翻天了，這樣當真不要緊嗎……？

「我不是無法理解哈爾卡拉妳的心情，可是稍微多點危機意識應該會比較好吧？」

原因是寶物失竊將蒙受重大損失，而對手又是專業的竊賊。儘管我無法肯定竊賊之中是否有所謂的菜鳥啦。

「對呀，哈爾卡拉小姐，這可是博物館空前的危機喔！」

萊卡顯得異常興奮。

「偷竊是不可饒恕的行為。雖仍有因為過度飢餓才不得不偷麵包來吃的情況，但是像這種提前告知的情況，足以證明對方根本是以犯罪為樂！既然當事者都有自覺在做壞事還樂在其中，簡直就是罪大惡極！」

萊卡因為此事再次點燃她的正義之心……彷彿快要從嘴裡噴出火來了。

對方又還沒真的來偷，應該不必這麼義憤填膺吧。

不，想想是我太天真了。畢竟我幾乎都生活在和平之中，至今未曾遭遇過竊賊。說起高原之家就這麼孤零零地佇立在此，感覺小偷看了也會很猶豫要不要行竊。

「此人竟把惡行誤以為是娛樂活動，當真是可恨透頂！非得讓這傢伙吃上一次苦頭不可！」

「那、那個……萊卡妳也同樣冷靜一下，畢竟碰上這種事要是不冷靜應對的話，難保不會陰溝裡翻船喔。」

「真不愧是亞梓莎大人，確實若失去平常心的話，反倒會無法將原有的實力發揮出來。我也真是的，居然一不小心太激動了……」

萊卡的情況是比起竊賊盯上博物館，不如說是對寄送預告信的行為感到憤慨。或許是生性認真的萊卡無法相信世上存在著這種事情吧。

「總之先來仔細閱讀這張預告信吧，有可能線索就藏於其中。」

我再看一次之後發現對方根本沒有想隱瞞，而是將線索明確寫在裡面。

「這名怪盜盯上了不服輸侯爵的貢品!?」

按照夏露夏的解說，這理當是一名相當窩囊的領主，難道貢品本身是價值連城嗎……？想想他好歹是個領主，理當不會供奉什麼便宜貨才對。

重點是當事者為了感謝神明才獻上貢品，假如當真是個便宜貨，總覺得會遭天譴耶……

老實說若是被仁丹發現有誰故意拿便宜貨來當作貢品，恐怕會把對方變成青蛙。既然保管得那麼隨便，表示她根本沒留意過這東西。

另外萊卡在反覆閱讀預告信之後，似乎注意到一件事。

「這上面使用的是藝術字體！如此失禮的書信竟然還使用藝術字體，此人果真非常藐視博物館！想必是性格惡劣之人！」

「萊卡妳先冷靜下來！像這樣怒火中燒也於事無補喔！」

由於萊卡已激動到有可能會從嘴裡噴出火焰龍息，因此我先把她哄去其他地方了。

之後我才與哈爾卡拉兩人商量接下來的對策。

「嗯～即使以直式來閱讀也沒看出其他含意耶～」

我本以為一派輕鬆的哈爾卡拉能解開隱藏在預告信中的祕密，或許這裡面打從一開始就並未藏有任何暗號吧。

「吶，妳有聽說過怪盜凱荷茵嗎？」

話說回來，怪盜本身是否出名呢？

「我從沒聽說過耶。畢竟哈爾卡拉製藥公司是近來才開始經營博物館，至今並未擁有任何值得讓人竊取的東西。」

「確實偷個一打『營養酒』也沒人會提前告知吧。」
「前往公會或許能打聽到一些線索喔？像這種竊賊有可能會出現在通緝名單之中。」
「對耶！」

◇

隔天，我前往弗拉塔村把預告信拿給公會裡的娜塔莉小姐瞧瞧。
「啊～原來是這位怪盜呀。」
「根據妳的反應，這是個很有名的怪盜嗎!?」
難不成是在冒險者公會之中被高額懸賞的通緝犯吧？
「說有名是有名，說沒名也挺沒名的。」
「居然落在這麼半吊子的界線上！」
「此竊賊的知名度就是這麼半吊子。儘管內行人都聽說過這個名字，但一般民眾肯定都不知道。就像在弗拉塔村之中，大概就只有身為公會職員的我聽說過此人喔。」
「啊～這樣的話倒是無所謂啦。」

雖然不像那個魯邦什麼三世的怪盜如此出名，但想想這情況才合乎常理，若是隨便一個婆婆媽媽都聽說過某位犯罪者的名字，反而會讓人覺得毛骨悚然。

「說起這名竊賊老愛偷一些怪東西，而且聽說成功率還滿高的。」

「原來怪盜是真的存在啊。」

我腦中率先浮現出那個魯邦什麼三世的臉孔。

娜塔莉小姐聽我說完後，卻露出有些傷腦筋的表情。

「此人真能稱得上是怪盜嗎……？確實這位竊賊曾經從神殿寶物庫裡偷走一個手鐲啦……」

「喔，意思是這傢伙有成功偷到東西呀。」

娜塔莉小姐把該起事件的相關資料拿給我看。內容提到「當時的預告信裡寫著『我必在聖達努克斯日取走手鐲』」。

「這可是如假包換的預告信！表示此人是胸有成竹囉！」

雖說對於竊案產生這種心情實在是不太適合，但我在看完內容感到有點興奮。

「高原魔女大人，請繼續閱讀資料的後續內容。」

奇怪，娜塔莉小姐的反應怎麼有點冷淡？

資料後半段寫著「另外，預告信是在竊案發生之後才郵寄至案發地點」。

「咦……？竊案發生之後……？」

情況變得有點奇怪。

「沒錯，這情況算得上是預告信嗎？因為東西已經偷走，犯案自然是保證成功。這就跟當事人已經成婚，還故意發誓說我要在今年結婚一樣不是嗎？」

大概是娜塔莉小姐還沒找到結婚對象，因此很容易拿結婚的事情來比喻。我就別深究此事，以免惹禍上身。

「這該不會只是信件在寄送途中有延誤吧……？」

由於這個世界的郵政系統還不夠完善，因此信件延遲送達並不罕見。真要說來，我希望這才是事件的真相。

「並沒有那回事，因為信上有郵戳，也就能排除這個可能性，此人的確是在偷完東西才寄送預告信。順帶一提，神殿那邊是收到預告信之後才驚覺手鐲失竊。」

我想像中的怪盜形象已逐漸崩壞。

「我們公會職員之間將這位竊賊取名為『**馬後炮預告仔**』。像這起事件便是非常典型的案例。」

馬車失物的錢包失竊事件

一名老紳士遺忘於接駁馬車上的錢包不翼而飛，後來老紳士收到怪盜凱荷

茵寄來的信，信裡寫著「我取走你遺留在馬車上的錢包了」。

「這也太狡猾了吧！一點都不像是怪盜應有的風範！」

附註：內含信件的包裹裡裝著老紳士的錢包，錢包裡的金額是失竊前的九成。

「所以這傢伙只是取走拾得失物的一成獎金就物歸原主了！」

順帶一提，拾得失物的一成獎金是需要徵得失主的同意，擅自取走將視為竊盜。因為失主確實遭人偷錢，所以視為犯罪是沒啥問題。

「此竊賊就是像這樣毫不在意地放馬後炮。」

「嗚哇啊……原來只是個難搞的傢伙……不過光從此人會寄送預告信就明顯是非常難搞……」

看來光鮮亮麗的怪盜只存在於故事之中。

「魔女大人，在我深感無奈之前，儘管此事著實令人難以啟齒，但我認為還是請您先行確認會比較好。」

「嗯？什麼意思？」

「這位怪盜可是出了名的『**馬後炮預告仔**』喔。」
「嗯，剛剛已經聽妳介紹過了。」
娜塔莉小姐稍稍撇開目光。
「因此這次有可能一如往常那樣是偷盜後才寄信——」
「那可就大事不妙了！」

我衝出公會快步跑向納斯庫堤鎮。
憑我的能力值是在完全不會感到疲倦且沒花多少時間就抵達納斯庫堤鎮了。
再加上我曾在宿驛站接力賽裡取得優勝，換個角度來看堪稱是頂尖田徑選手了。
目的地自然是哈爾卡拉的製藥工廠。
我向櫃檯人員告知要找哈爾卡拉之後，對方很快就放行了。
「啊，師父大人！怪盜一事出現變故了。」
哈爾卡拉在我開口以前如此說著。
「呃……難不成東西已經失竊了？」
這個狡猾的臭怪盜！
「咦？不是的，東西並沒有失竊，目前仍在展示中。」
哈爾卡拉露出大感困惑的表情，看來寶物仍安然無恙。

「那妳說的變故到底是什麼？」

「怪盜又寄信過來了！」

> 世間有人將我戲稱為馬後炮預告仔，但我這次是真的提前寄送預告信，並沒有撒謊騙人。而這也是我此生首度的嘗試，甚至感到有些緊張。總之此次我絕不是胡說，一定會在聖奧賈裘斯日的日落時分取走馬可西亞不服輸侯爵的盾牌。
>
> ※若是擔心物品失竊，請趕緊趁現在前往投保，本人建議向石化雞蛇保險商會洽詢。順帶一提，本人與該商會並沒有任何利害關係。
>
> 怪盜凱荷茵

「居然是當事者為了澄清立場的犯罪宣言！」

看來此人很厭惡『馬後炮預告仔』這個外號……不，既然都在信中提到是此生首度嘗試，表示這傢伙一直以來都在放馬後炮，完完全全就是個『馬後炮預告仔』嘛……

而且這次同樣在文章最後添加附註。話說身為加害者就別向人推薦保險公司啦。

「嗯～原來怪盜還挺紳士的呢，讓人能從中感受到公平競爭的精神呢～」

「好像也能這麼說。既然對方都如此強調了，應該不會再做出偷完才預告的行徑。」

要是這種時候還被我發現東西早已失竊的話，我就要把『馬後炮預告仔』這個外號大肆宣傳出去。

「對了，哈爾卡拉，關於防竊對策做得怎麼樣了？感覺這位怪盜是認真想來行竊。」

畢竟怪盜都在信中提及是此生首度嘗試，這也意味著此人至今不曾在發出預告後成功行竊的經驗，卻能看出對方將會全力以赴。

另外就算預告信是事後才寄出，表示此人可能真的竊取過財物。真要說來是沒有行竊過的話，也就算不上是一名怪盜……根本只是自詡罷了……

「距離預告信指定的日子還有一個月，我們趁著這段期間盡可能做足準備會比較好。」

「師父大人，即使沒有妳的提醒，弟子我仍會做好各種對策，可說是萬無一失。」

哈爾卡拉充滿自信地挺起胸脯。

雖說哈爾卡拉的自信往往會令人充滿不安，但這次怪盜確實提前告知來意，也就不會再出紕漏才對。

「這可是向哈爾卡拉製藥博物館下戰帖，我自然是當仁不讓。高原之家的其他人請不必為此提心吊膽，若是真有需要的話，我會主動提出的。」

高原之家的家人們有能夠幫上忙的地方嗎？

比方說讓羅莎莉在那段期間負責把風。

畢竟羅莎莉可以直接守在被盯上的盾牌旁邊，無須擔心她會被下藥迷昏，或是遭人用繩子束縛。

莫名覺得只要有羅莎莉在此，就完全不必擔心有竊賊上門……

怪盜真的來了

在即將迎來預告信上的指定日期時——

納斯庫堤鎮忽然有所變化。

這件事是芙拉托緹於白天出門購物返家後向我提起的。

「主人，納斯庫堤鎮裡熱鬧非凡，人山人海的程度堪比王都。」

「咦……？究竟發生什麼事了……？」

距離怪盜現身的聖奧賈裘斯日還有五天，而且我也未曾聽聞納斯庫堤鎮有要舉辦慶典。

「城鎮裡出了什麼事嗎？」

「反正機會難得，要不要大家一起上街去看看呢？現場還有許多攤販喔。」

話說芙拉托緹的嘴脣邊還沾著類似醬汁的液體，想必已吃過一輪了吧。

「好，我去問問女兒們要不要一塊去。」

於是乎，我們全家決定去逛一下這場熱鬧的神祕活動。

She continued destroy slime for 300 years

我背著容易腿痠的桑朵菈，左右手分別牽著法露法與夏露夏，模樣完全就像是一名母親。

兩位龍少女和羅莎莉則走在前面。

即使站在遠處眺望，也能看出納斯庫堤鎮內人潮擁擠。

「站在這邊也能聽見鎮上的聲音呢~沒想到聲音乘著風可以傳得那麼遠耶~」

正如法露法所言，城鎮的喧囂有時也能傳至幾乎不存在任何遮蔽物的高原。

不過這情況算是相當罕見，唯獨鎮上十分熱鬧的時候才會出現。

「吶，夏露夏，難不成目前正在舉辦某種百年才有一次的罕見慶典嗎？」

夏露夏邊走邊看著手裡的書，記得那本書就叫做《南堤爾州歲時記》。

「這本書裡並沒有提到符合條件的內容，因此應該是偶發性的活動吧。」

「那會是什麼活動呢？我唯一能想到的就是與怪盜有關吧？」

「啊，大姊，並非今天才突然變得那麼熱鬧，而是有越來越多人造訪納斯庫堤鎮，最終演變成現在這樣。」

羅莎莉似乎早就注意到了。難道幽靈對於這種事更為敏銳嗎？

「是因為人口增加之後，心生好奇的浮游靈也會一起跟來，導致納斯庫堤鎮內的幽靈變多，我才發現這層變化。」

「原來靈體也會跟著變多啊……」

想想也是，就像未曾有人造訪過的地點也不太會有靈體存在。

隨著我們逐漸接近城鎮，喧囂聲變得更加清晰。

現場的確能看見各種攤販。

「啊，那邊有在賣造型麥芽糖！法露法想吃！」

「身為妹妹就該聽從姊姊的意見。」

「好吧好吧，妳們想吃就去買吧。」

畢竟這附近沒什麼娛樂，法露法跟夏露夏能玩得開心就好。

但現場不僅人山人海，還能明顯看出人群朝著某處前進。

有許多人都往某個方向走去。

儘管沒有具體的預感，我卻隱約看出端倪了。

「這些人似乎都要前往哈爾卡拉製藥博物館。」

「咦，亞梓莎，之前來這裡的時候有那塊立牌嗎？」

待在我背上的桑朵菈開口發問。

對耶，那塊立牌上寫著「前往哈爾卡拉製藥博物館仍需徒步十二分鐘」。

再往前一段距離，又有一塊寫有「前往哈爾卡拉製藥博物館仍需徒步十一分鐘」的立牌。未免也設立得太密集了吧。

「感覺是最近新增的……」

我們順著人潮抵達博物館門口時，發現牆上掛著一面寫有標語的布條。

被怪盜盯上的
馬可西亞不服輸侯爵的珍寶現正展示中！
怪盜寄送的預告信也一併展出！
歡迎大家在珍寶竊走之前盡情欣賞！

「能看出哈爾卡拉以自己的方式卯足全力！」

在耳聞納斯庫堤鎮變得異常熱鬧時，我就隱約有這個預感了。

結果真被我猜對了。

想想哈爾卡拉曾說過以下這句話。

——弟子我仍會做好各種對策。

這句話的意思是她會反過來利用被怪盜盯上的風險，大肆宣揚此事來海撈一票！

由於博物館地處郊區，因此周圍有許多空地，如今則擠滿各式攤販。諸如『絕不會被怪盜撬開的鎖頭』、『從你的嘴裡偷走唾液，吃了保證口渴到爆的鬆餅』等等，現場能看見各種搶搭怪盜熱潮的商品。

「嗯～～……亞梓莎大人，我現在的心情有些複雜……」

萊卡的臉上充滿困惑之情。

「為了挫挫竊賊的銳氣，採取這種獨到的計策或許是值得嘉勉，偏偏我的內心深處一直有股聲音在抗議說事情並非真如我想的那樣……」

「嗯，我能理解妳的感受……」

因為這算不上是應對怪盜的事前準備。

「更何況這麼做會吸引人們慕名而來，導致竊賊能夠更輕易地混入人群不是嗎？此舉對保護展示品而言理應只會造成反效果……」

以上言論可說是再正確不過。

「這部分就等到確認完盾牌受到怎樣的保護後再說吧。既然都來到這裡了，我們就進去一探究竟吧。」

因為出門時順便備妥門票，所以我們一行人全都進入博物館。

另外由於人潮擁擠，我們排隊等了十分鐘才得以入場。以一間地處偏僻的博物館而言，我覺得現場熱鬧到近乎異常。

至於人群最集中的地點，莫過於被怪盜盯上的盾牌展示區。

盾牌的展示地點不同於先前，遷移至原本沒有開放的展覽室中央處。該盾牌放置在一座偏高的大理石臺上，房間周圍則展示著預告信以及馬可西亞不服輸侯爵的相關資料。

「此博物館原本並沒有收藏領主的私信與領地安定證等古物，恐怕是從負責保管的博物館那裡借來展示的。關於這部分，我認為主辦方確實有在好好工作……」

經常參觀博物館的萊卡得出以上結論。

不過她依然露出一副難以釋懷的模樣。

儘管之前說過這句話，但我完全能理解萊卡的感受。

「就只是一面特別厚重的盾牌，人家不懂這些人為何要特地前來欣賞這種東西。」

芙拉托緹果真是第一次看見這面盾牌，畢竟她對古物不感興趣。

「話說芙拉托緹挺好奇自己使出全力揮拳能否打破它，拿它來小試身手似乎挺適合的。」

「芙拉托緹，妳絕對不許拿它來測試喔？那可是珍貴的展示品喔!?」

「主人，人家才沒有缺乏常識到拿展示品來測試自己的力氣啦。」

呼～我似乎有點太神經質了。

「因為人家想跟那個叫做怪盜的傢伙比力氣！」

「那個，怪盜普遍來說都不會對自己的力氣特別有信心喔！」

「但這傢伙可是打算竊走如此巨大的盾牌喔，想必對自己的力氣頗有信心。畢竟一般人根本無法手持這麼重的東西跟人戰鬥。」

那個，我不覺得有誰會把這種重物當成裝備來戰鬥——

這的確跟小小的戒指截然不同，怪盜打算如何偷走呢？

如果不是龍族這等力氣過人的種族，恐怕難以盜走盾牌。難不成這位怪盜擁有某種驚世駭俗的密技？

我們姑且還是先與哈爾卡拉見上一面。

畢竟全家人都跑來博物館，沒打聲招呼好像挺怪的。

於是我們來到博物館的會客室。

「喔～大家都來啦。如何？不枉費我四處宣傳造勢！來客數可是高達展覽初期的三十倍！同時也為納斯庫堤鎮帶來莫大的經濟效益，鎮長還特地過來表揚我喔！」

「經濟效益方面是有目共睹到令人傻眼，可是防盜措施準備得怎麼樣呢？」

人潮擁擠成這副德行，怪盜肯定冒出「這下子能輕易將盾牌偷到手，簡直是太幸運了」這類感想。此舉簡直就是造福敵人。

「關於這點請放心，我有趁著自己沒喝醉時認真思考過囉！」

既然如此，哈爾卡拉應當已想好對策。

比方說有準備盾牌的仿製品等方法吧。

「即使盾牌被偷，我依然已獲得比它原始價值更高的利益囉！因此失竊也不要緊！」

「這不是博物館館長該說的話吧！」

「請別生氣，師父大人，其實我有請多名鑑定師仔細鑑定過那面盾牌，結果最多只值三十萬金幣而已。」

「咦……比想像中便宜頗多耶……」

當然博物館的收藏品不該用金錢來衡量，但以怪盜不惜寄送預告信也要竊取的寶物而言，這樣的價錢是略顯低廉。

「既然便宜至這種地步，等於在藝術層面上也一樣沒啥價值。儘管沒被偷是再好不過，但當真被偷的話到時再煩惱就好。老實說多虧怪盜主動報上名來，剛好幫本博物館打廣告，我都還想把盾牌雙手奉上當作謝禮呢。」

那樣就只會是贈予了！

「哈爾卡拉小姐，妳這不失為是一個妙計。倘若由我方主動交出盾牌，對方就無法完成竊盜，這無疑是給多次行竊而沾沾自喜之輩賞了一記響亮的耳光。」

「萊卡，我覺得這種天兵般的計策並不能擊倒怪盜……而且（預計行竊的）竊賊終究還是取得盾牌囉……」

「這、這我知道……可是單就出乎竊賊預料的方面而言，哈爾卡拉小姐的手段並無不妥……」

這情況已是邏輯上的問題了。

儘管仍需做好防盜措施，但在得知這個盾牌只值三十萬金幣以後，萬一被盜似乎也無傷大雅。至少當真失竊時，也不會對博物館的營運造成影響。

以某種層面來說，這起怪盜事件等於是迎刃而解了。

「等到怪盜現身當天，這裡將會舉辦更盛大的活動！請大家務必來參觀！屆時究竟是怪盜順利得手呢!?還是做足防盜措施的本博物館會大獲全勝!?」

啊～意思是當天會做好對抗怪盜的相關措施。

就在此時，哈爾卡拉的臉上浮現出有別於以往的笑容。

「話雖如此，以獲利來說是博物館方勝券在握啦，哼哼哼……」

雖說哈爾卡拉並沒有在做任何壞事，但我已無意再為她操心了。

畢竟現在的她一點困擾都沒有。

◇

終於來到聖奧賈裘斯日當天。

馬可西亞不服輸侯爵的盾牌連同大理石高臺一併特地移至戶外。

並且將盾牌裝於石製寶箱之中，同時設有若是不解開寶箱直接觸碰就會遭電擊的結界。

如尖塔般的大理石高臺周圍有四位壯漢，而且壯漢之間又安插四位出名的魔法師負責把守。

壯漢與魔法師的外側則挖了一條既深又寬敞的壕溝，必須花費一番工夫才有辦法越過。

還有請桑朵菈來監控地面，若是出現不尋常的震動她就會前來通報。

天上則有化成龍形的芙拉托緹在，因此想從空中偷襲應該也頗有難度。

為了避免怪盜冒充成負責鎮守的壯漢和魔法師，我們也在事前確認過。

壕溝外面擠滿了看熱鬧的民眾。

博物館的外牆上還掛了一條「歡迎怪盜凱荷茵」的布條。

「亞梓莎大人，以結果來說，可說是布下相當森嚴的警備呢。」

萊卡抬頭望著放置盾牌的高臺說出感想。

「對呀，倘若能在這種狀況下成功竊走盾牌，此人的確稱得上是怪盜。」

儘管當初挺擔心哈爾卡拉的對策會漏洞百出，事實證明上述懸念是朝著好的方面猜錯了。畢竟對哈爾卡拉而言，怪盜現身當天乃是活動的最高潮，她自然會卯足全力制定對抗怪盜的計畫。

「對了，亞梓莎大人妳以前繪製過能用來逮捕竊賊的魔法陣吧。」

這是萊卡剛來拜訪我當時的事情，真令人懷念呢。

「嗯，我受哈爾卡拉所託，這次有在城鎮的出入口設置此魔法陣。」

關於這部分，哈爾卡拉有再三確認過。

「但這只是順便罷了，畢竟怪盜很可能早就潛入城鎮內，再加上魔法陣是針對內心產生反應，憑怪盜的本事應該有辦法在進入城鎮時控制好自己的心思吧。」

該魔法陣只會逮捕內心抱持「好~我要來這裡偷東西了」這類明顯打著歪主意的壞人。

假如設定過於敏感的話，只要懷有一丁點惡意的人就全都會遭到逮捕，如此一來彷彿是連同內心都遭人監控……

此時，換上外出服的哈爾卡拉站在眾人面前。

「來吧，怪盜凱荷茵，再過不久就是約定好的日落時分！我以博物館館長之姿做好萬全的準備了！接下來就請你展現出自身的實力吧！」

這算是哈爾卡拉的開戰宣言吧。

會場內就此變得鴉雀無聲。

大家應該都在思考怪盜凱荷茵會從哪裡現身。

原因是沒人能肯定怪盜何時會跑出來，倘若因為與人閒聊而錯過好戲就太可惜了。

雖然以可惜二字來形容是挺怪的，不過現場觀眾肯定都很想親眼目睹怪盜和哈爾卡拉博物館的防盜機制一決雌雄。

話說回來，光是今天就有非常龐大的資金流入納斯庫堤鎮吧……不只如此，弗拉塔村內與周邊旅店應當都一房難求。

或許怪盜就跟哪來的福神沒啥兩樣呢。

不過無人曉得怪盜將在五分鐘後或三十分鐘後現身，像這樣一直保持安靜也挺累人的。

「吶，萊卡，如果妳是怪盜會怎麼竊走盾牌？」

因此我開口閒聊時有稍微壓低音量。

「這個嘛，我會直接化身成龍，在打倒芙拉托緹之後就連同石製寶箱整個搬走，迅速飛離此處。」

「這個做法確實十分適合妳，只可惜無法當成參考……」

畢竟龍族的體型都非常龐大，在一般的價值觀上提供不了任何建言。

不過這也意味著，倘若沒採用這種破天荒的密技根本無法竊走盾牌吧。

即使越過壕溝，也有八名冒險者等在前方，就算怪盜具備戰勝這群人的實力，仍會面臨嚴峻的挑戰，更何況還有芙拉托緹在空中待命。

對我來說，難度之高是近乎絕望。

可是所謂的怪盜，就是必須在如此天羅地網之中盜走目標物才夠格被稱為怪盜。

假如這等防盜措施三兩下便攔阻成功的話，也就算不上是怪盜了。

只會淪為一個不小心在犯案前寄送預告信的小蠢瓜。

※雖說預告信本該在犯案前寄送，但由於這次的怪盜被稱為「馬後炮預告仔」，才會出現前一句這種互相矛盾的形容詞。

就在觀眾紛紛鬆懈不再屏息以待之際——

會場內出現動靜。

有一道人影落入壕溝——不，是跳進壕溝中！

此人擁有一雙長耳朵、黝黑的膚色和銀色秀髮，看起來應該是個黑暗精靈。另外從體型來判斷，感覺是一名女性。

她就是怪盜嗎？不，目前還無法肯定，也許只是不慎跌進壕溝的觀眾。

但這名黑暗精靈竟取出類似楔子的東西插進土牆，朝著盾牌所在的方向往上爬。

不知從哪傳來「那個人一定是怪盜！」的呼喊聲。

確實一般人做出這種舉動的話，就算被當成怪盜遭受攻擊也不足為奇。

這已遠超出惡作劇的層級，所以她很可能就是怪盜！

「出現了！」「看我來打倒妳！」「開始詠唱魔法！」

位於大理石臺周圍的魔法師們開始唸咒。

火焰和強風接連砸向正在爬出壕溝的黑暗精靈。

強風的呼嘯聲與爆破聲接連傳進我的耳裡。

既然她沒能躲開攻擊，想必已經被打倒了吧。

不過接下來的畫面，恐怕徹底出乎現場觀眾的預料。

「哼！忍耐！這點程度……還能忍耐！」

黑暗精靈仍想爬出壕溝！

而且承受大量傷害的她已是遍體鱗傷！

「咦？這是什麼情況？難道她有準備令魔法失效的防禦手段——應該沒這回事，畢竟她都被炸得灰頭土臉了……」

「亞梓莎大人，那個人是單靠毅力硬撐下來的！」

萊卡臉上浮現出些許驚嘆的神色。

「咦？單靠毅力就能承受住魔法攻擊嗎？」

「但她確實是這麼做……」

感覺護衛魔法師也沒動用一發就足以取人性命的魔法……不過這位黑暗精靈還是挺有一套的。

這時，黑暗精靈已抵達有魔法師與壯漢鎮守的大理石臺前。

「哇哈哈哈哈！怪盜凱荷茵在此登場！看余這就取走盾牌——！」

黑暗精靈終於報上自己的名號，此人果真就是寄送預告信的怪盜。

「其實余早在一週前就已抵達這裡，害余有點後悔太早跑來了！」

這種糗事就不必分享啦！

「該死的怪盜！休怪我不客氣了！」

一名壯漢伸出雙手抓向黑暗精靈。

啊～假使被抓到就沒戲唱了。

只見黑暗精靈一溜煙就擺脫擒抱。

「哈哈哈哈！余身上可是塗滿滑溜蛙的黏液喔！」

聽起來好像很髒耶！

觀眾那邊也傳來「感覺她臭臭的」諸如此類毫不留情的感想。

「是很臭喔！臭到會把人熏死的那種！不過這點小事只需忍一下就沒問題！這就是既華麗又空前絕後的忍耐力！」

才怪！這哪裡華麗了！妳現在肯定是一身泥巴味！真要說來是青蛙的腥臭味！

「喝！東西就在這座高臺上吧！」

怪盜凱荷茵開始攀登大理石臺。

只可惜完全沒有立足點，所以她馬上就滑下來了。

魔法師施展的攻擊魔法朝怪盜的背部飛射而去。

只見火球直接打在她的身上。

「哈哈哈！真痛！看余以空前絕後的忍耐力堅持下去！」
這個人到底是怎樣!?
怪盜再度攀登大理石臺。
然後立刻跌落在地。

「滑溜蛙的黏液比余想像中更滑溜！害余完全爬不上去！」
「簡直就是聰明反被聰明誤！」
「亞梓莎大人，因為她的做法一點都不聰明，所以這麼說並不貼切……」
「萊卡妳說得對，真要說來……這人也太蠢了吧。」
「或許真是如此。」萊卡含蓄地低語著。
既然對方在毫無勝算的情況下找上門來，就算說得再如何委婉，也無法以聰明二字來形容。
事實上萊卡的表情與其說是大感傻眼，反倒更像是打從心底感到同情。
在這之後，怪盜不斷從大理石臺上滑落下來。
儘管有時順利爬到一半，卻被冒險者壯漢給拉下來，不得不重新來過。
怪盜就這麼受挫無數次。

但她依舊撲到大理石臺上，努力不懈地爬向裝有盾牌的寶箱。

「怪、怪盜凱荷茵必定會取走寶箱……說什麼都不會認輸，絕不會輕易屈服……」

不知何時起，觀眾之間參雜著「怪盜加油～！」、「衝啊～！」這類的喊叫聲。

因為怪盜展現出絕不放棄的態度，部分觀眾莫名大受感動！

「亞梓莎大人，雖然對哈爾卡拉小姐不太好意思，不過我也漸漸想聲援竊賊……」

想想萊卡很容易被這種義無反顧的人所感動。

「相信哈爾卡拉在得知妳幫怪盜加油也不會生氣，所以應該無所謂吧？」

看在哈爾卡拉的眼裡，最重要的就是活動有順利炒熱氣氛。

老實說，我認為哈爾卡拉是非常感謝怪盜才對。

撇開此事不提——

「這女孩的行為一點都不像怪盜。」

怪盜本該使出超乎他人想像的手法竊走寶物，偏偏此人是採取埋頭苦幹強行突破的方式。

「就算利用鉤繩之類的道具將寶箱拉下來也好……偏偏她的手段全都太不經大腦了吧……」

「喝！喝！忍耐，忍耐！」

黑暗精靈終於抵達擺放寶箱的高臺上。

觀眾隨之發出「喔喔！」的歡呼聲。

在黑暗精靈摸向寶箱的下個瞬間——

因結界產生的電擊襲向她的身體。

「呀啊啊啊啊啊啊！」

啊~這次肯定是完蛋了……

「沒問題！習慣之後就只是有效提升血液循環而已已已已已！」

她居然打算全憑忍耐來達成目標！

話說該寶箱的蓋子相當沉重，光是打開就很累人了。

「哼唔——！唔喔喔喔喔！唔啊啊啊啊！」

黑暗精靈堅持用雙手扳開寶箱的蓋子！

我倒是希望她能用點腦子。

「可惡啊啊啊！只不過是個箱子！既然是箱子就能夠打開啊啊啊啊啊啊！」

也不知從黑暗精靈身上浮現的是肌肉還是血管，總之她渾身布滿看似青筋般的線條。

我能肯定她確實是卯足全力，真要說來是她截至目前完全看不出有一絲放水的跡象。

石製寶箱的上蓋稍稍被扳開來。

另外結界好像已經損毀，現在不再產生電擊了。

黑暗精靈見狀馬上把腳伸進縫隙。

想當然耳，她的腳就被夾住了。

「痛啊啊啊啊啊啊！」

「這很正常啊！話說妳還不放棄嗎？」

「因、因為余有接受過特殊訓練！一般人請勿模仿喔喔喔喔喔！」

「任誰都不會想模仿啦！」

這種時候就別顧慮那麼多啦。

大概是多虧腳卡住的關係，寶箱的蓋子有些許鬆開，黑暗精靈便硬是把蓋子推開來。

只見她將盾牌舉了起來。

將宛如牆壁般厚重的盾牌高高舉起。

「呼～呼～……看到了吧！余取得盾牌了！怪盜凱荷茵萬歲！」

儘管她舉起的瞬間稍微沒站穩，但還是堅持下來。

© Benio

無論是我、萊卡、法露法、夏露夏、將雙腿伸進土壤裡的桑朵菈、下半身進入柱子內負責檢查是否有靈體介入的羅莎莉，就連哈爾卡拉與觀眾都目不轉睛注視著黑暗精靈。

雖然也不懂為什麼，卻又令人莫名感動。

此人確實從一場近乎絕望的抗爭之中取得勝利了。

就在這時，一道巨大的黑影撲向黑暗精靈。

並且伸出巨爪抓住黑暗精靈的肩膀。

那是化成龍形的芙拉托緹。

對吼，芙拉托緹也在這裡！我一整個把她給忘了……

「好耶，逮住妳了。那我先把妳帶往適合的空地去。」

「哇啊啊啊啊啊啊啊！停下來啊啊啊啊啊啊！余可不會交出盾牌喔喔喔喔喔喔！」

「妳這傢伙還真有意思，我一直待在空中看妳表演，不過我也必須完成自己分內的工作。因為東西被妳偷走的話就等於是我輸了，所以我不會放水的。」

「哼，有意思！那妳就儘管放馬過來！但余從這裡摔下去肯定會沒命，拜託妳可別鬆手喔喔喔喔喔！」

感覺怪盜從高處落下都能夠平安無事，反觀這名黑暗精靈似乎辦不到。

但這也是情有可原，畢竟她絲毫沒有怪盜的要素。

於是乎，黑暗精靈就被芙拉托緹給帶走了。

黑暗精靈被芙拉托緹抓住之後，就這麼漸漸消失於天空的另一端，此時突然傳來一陣掌聲。

「表現得太好了！」「真精采呢！」「但那模樣根本不是怪盜！」

萊卡也獻上異常熱烈的掌聲。

「那個人的實力很明顯只有半桶水，卻憑藉堅定的信念取得盾牌，看來人也能透過意志達成滴水穿石般的壯舉呢。」

「說得也是，當怪盜高舉盾牌的那一刻，我也感到眼眶一熱呢。」

能這樣親眼目睹一個人成功實現目標，確實是很不錯呢。

「——可是最終被芙拉托緹抓走了。」

「…………是啊。」

以結論而言，竊取盾牌計畫宣告失敗。

「啊～各位來賓大家好，我是博物館館長哈爾卡拉。誠如眾人所見，怪盜已被我方人員架走了，後續事宜將由本館負責處理。不過怪盜凱荷茵仍為我們帶來一場精采的戰鬥，最後懇請大家呼喚她的名字予以讚揚好嗎？」

對於哈爾卡拉的貼心之舉（？），會場內所有人都十分配合地大聲回應。

呼喊「凱荷茵！」、「凱荷茵！」的喝采聲響徹於逐漸被夜幕籠罩的城鎮之中。

話說回來，芙拉托緹把怪盜抓去哪了……？

◇

芙拉托緹將怪盜五花大綁在高原之家一旁的巨大松樹上。

這棵松樹是蜜絲姜媞日前相贈的樹苗，它隨著時間不斷成長茁壯，如今儼然成為高原之家的地標。

松樹精靈蜜絲姜媞有抗議過「請不要把樹木當成關押犯人的工具」，卻被芙拉托緹當成耳邊風。

「這點程度的繩索，余只要花上三個小時就能擺脫了！喝！喝！看余讓自己的關節脫臼……！好痛！關節脫臼好痛喔！」

行動前好歹預測一下接下來會發生什麼事好嗎!?

這個小妮子似乎還沒放棄抵抗……老實說我並不想一直將她綁在樹上，問題是替她鬆綁她肯定會設法逃走，我就趁現在趕緊向她打聽想知道的情報吧……

負責偵訊的是博物館館長哈爾卡拉，但這情況說是提問會比較貼切。

以某種層面來說，她是我們之中唯一的當事者。

「怪盜小姐，只要妳肯老實回答的話，我可以網開一面，聽懂了嗎？」

「沒問題！怪盜凱荷茵是絕不撒謊的正直之人！目前住在王都第八區花崗岩石像鬼街和鷹匠街轉角處那棟四層樓公寓的二樓！」

居然立刻交代自己的住址！

哈爾卡拉把地址寫入筆記內，然後繼續發問。

「首先是妳為何要寄送預告信？聽說妳之前都沒有這麼做吧？」

「沒那回事，余都有寄送預告信，但嚴格說來只是通知事主說余已經得手了。」

相信現場所有人在聽完之後，都冒出「這就算不上是預告信啦」的感想吧。

「為了讓自己的怪盜之路邁入下個階段，余覺得必須替自己安排更艱難的試煉，便提前寄送預告信來斬斷自己的退路！」

她倒是莫名有上進心呢。

不對，這情況只能算是出發點的程度太低嗎？我突然覺得腦筋一片混亂。

「下個問題，為何妳要竊取這種沒什麼價值的盾牌？本博物館內收藏各種重量很輕的高價品，反觀這盾牌卻是特別笨重。」

說得沒錯，我也對此挺好奇的。

關於怪盜盯上馬可西亞不服輸侯爵盾牌的理由，我說什麼都想不透。

「因為余在收集馬可西亞不服輸侯爵的相關物品！」

雖然黑暗精靈有問必答，感覺這場偵訊能在短時間內宣告結束，偏偏換來的答案讓人聽得一頭霧水。

「咦？沒想到世上存在著像妳這樣的瘋狂粉絲，難不成妳很著迷於歷史嗎？」

黑暗精靈忽然杏眼圓睜。

「這是為了回收我族的恥辱！余會踏上怪盜之路也是基於這個原因！為了避免這傢伙的可恥事蹟繼續張揚出去，余必須把他的東西通通找回來！」

我族？她剛剛有提到這兩個字吧。

「馬可西亞不服輸侯爵就是怪盜凱荷茵的祖先！儘管只有一丁點，余體內仍流有他的血脈！」

原來是有血緣關係啊！

夏露夏在月光下攤開手中那本厚重的歷史書籍。

「在族譜分支圖裡有提到馬可西亞不服輸侯爵之子托亞帕爾頑固侯爵，娶了一名黑暗精靈為妻。由於其後裔移居至黑暗精靈的領地內，因此她應該是這群人的子孫。」

沒想到居然有著這樣的內情……

先撇開是否真的有血緣關係（無論在哪個世界裡，假如祖先是偉人都會為此感到自豪），至少這位黑暗精靈對此堅信不移。

「媽咪，這位黑暗精靈小姐還真是很不服輸呢。」

啊！多虧法露法的一席話將所有情報都串聯起來了。

「這女孩怎麼看都肯定有繼承馬可西亞不服輸侯爵的血統！」

恐怕不服輸侯爵本人也是給人這種感覺吧……

「明白了，我願意相信妳的口供。」

哈爾卡拉深深地點了個頭。

「既然談話到此為止！妳們想把余扭送到哪裡都沒問題！就算被關進多麼堅固的牢房之中，余都會用湯匙挖開一條路逃出生天！」

總覺得這個人真的能辦到此事！

儘管將竊盜未遂之人歸類成好人是挺奇怪的，但我認為她並不是壞人。

偏偏她想來博物館行竊是不爭的事實，難道犯了此罪就只能把她關進牢裡嗎？當然刑期應該不會太久。

就在這時——萊卡端著那面笨重的盾牌走了過來。

哈爾卡拉笑臉盈盈地說出以下這句話。

「怪盜小姐，本博物館願意把這面盾牌送給妳。」

「啊，咦……？妳這麼做是什麼意思？」

怪盜錯愕得瞠目結舌。

「既然這是妳的東西，也就算不上是一起竊案了。」

這還真是相當瀟灑的收尾方式呢，哈爾卡拉。

如此一來就能大事化小，雙方也不會留下遺憾。

「唔……這、這樣啊……既然妳願意將盾牌相贈，怪盜凱荷茵就卻之不恭了——日後余必定會回贈感謝狀。」

這丫頭還真是莫名重情重義耶！

「那、那就拜託諸位替余鬆綁，其實余因為沒有以正確的方式讓關節脫臼，導致余現在痛得要死……」

雖說她對任何事情都卯足全力，但生活方式卻是無比笨拙……

哈爾卡拉與萊卡彼此對看一眼，接著露出有些尷尬的表情。

「這件事就由我來說吧。儘管盾牌一事因哈爾卡拉小姐同意轉讓而獲得解決，可是妳至今犯下多起竊案，所以妳還是得為此服刑。既然妳已遭逮捕，我們就不便放妳走。」

啊～畢竟她是怪盜，自然曾犯下罪行……

「面對任何事情都絕不輕言放棄的妳，相信在服刑完畢以後，必定能改過自新踏上正正當當的第二人生。」

雖說十分令人同情，但這也是莫可奈何……

假如我們選擇包庇，將會連帶觸法成為罪犯。

「關於這點倒是沒問題，余確實是行竊過，但余還是有話要說！那就是余不必入監服刑！」

這丫頭突然開始自說自話了！

「怪盜小姐，請別這樣翻臉不認帳！既然妳做過壞事，就該為此承受相對應的懲罰，懇請妳當個值得我敬重的人。」

因為怪盜曾經展現出絕不輕言放棄的態度，讓萊卡對她刮目相看。

所以萊卡才希望怪盜別辜負她的期許。

「妳這是什麼話！余無須服刑乃是客觀的事實！倘若各位不相信的話，大可去向知情者確認！」

怪盜的態度也不像在狡辯。

「因為余的罪行都已超過時效了！」

原來是這麼回事！

「原來如此……若是已超過時效，確實就不必問罪……」

萊卡感到有些不知所措。想想我們身邊鮮少有這種類型的人。

「余都會等到前一起竊案超過時效才重出江湖！在此之前都會耐心等待！而這也是流有精靈之血的余才能夠採取的手法！」

真狡猾！這也未免太狡猾了吧！

「就像過去被余偷走錢包的老紳士，余在那之後可是和他的家人們打成一片喔！」

「所以妳只是撿到錢包物歸原主的好人嘛！那家人對妳肯定也抱持相同的想法吧！」

在這之後，我前往冒險者公會向娜塔莉小姐進行確認，結果一如凱荷茵所言，案件全都超過時效了。

這讓我感受到世間存在著各式各樣的生活方式。

◇

後來，怪盜凱荷茵在高原之家工作了一段時間。

工作內容是耕田。畢竟我家有一座菜園，便請她負責耕種。

話雖如此，並不是我們強迫她的。

凱荷茵表示「身為一個人理所當然要懂得知恩圖報」。

雖然這害我不禁想吐槽「身為一個人就不該去當竊賊」，但世間的確有許多竊賊被當成英雄，所以兩者大概能同時成立吧。

老實說家中有兩位龍少女，交給她們三兩下就能完成耕種，不過我決定尊重凱荷茵的意願；另外，萊卡似乎從異常拚命完成任何事情的凱荷茵身上獲得某種啟發，就這麼受到感化。

「耕種！耕種！耕種！這種時候不能抱持自己如此努力耕種之後，一定會種出優質蔬果的想法！產生這種得失心就等於是背叛自我！重點就在於維持必須耕種才來耕種的平常心。」

「我能明白妳的意思！畢竟老是在意付出與回報就算不上是修行了！」

說白了就是凱荷茵的生活方式過於極端，令人並沒有那麼想仿效她，卻也不需要否定她那認真看待一切事情的態度。

在某個晴朗無雲的早晨，凱荷茵扛著行囊準備離開高原之家。

「凱荷茵小姐，請妳今後別再做壞事，正正當當地活下去。」

萊卡說完後，將盾牌遞給凱荷茵。

「余可能無法向妳保證，因為余想藉由怪盜的身分給孩子們帶來夢想。」

好崇高的理想！若要給孩子們帶來夢想的話，我希望她能掌握更華麗的偷盜技巧，畢竟像之前那樣把自己弄得灰頭土臉，應該很難得到他人的崇拜。

「下次與大家重逢時，余想成為一名能夠偷走諸位芳心的優秀怪盜。」

真是老套到多餘的臺詞！

「怪盜小姐，關於不服輸侯爵遺留下來的各種美術品和資料，我相信以本博物館的美術品添購預算能夠全數買齊，妳是否要收下呢？其實妳這次帶來的獲利遠在這筆錢之上。」

以收益而言，哈爾卡拉可說是大獲全勝，堪稱本次的最大贏家。

「這麼做會害余失去人生的一大目標，對於妳的好意余就心領了！因為余還是想靠自己的努力去完成此事！」

「怪盜小姐，妳太沉醉於自我的理想之中，不過這種醉醺醺的感覺當真很美妙，叫人欲罷不能呢，嘿嘿嘿。」

哈爾卡拉發出莫名噁心的笑聲。

「那麼，後會有期！」

凱荷茵向我們揮手道別，我們也揮揮手做為回應。

「再見～！」「祝妳一路順風。」法露法和夏露夏也很有精神地不停揮手。

「唔！因為揮得太用力，導致肩關節脫臼了！」

肯定是她之前在掙脫繩索時留下的後遺症！

一段時間後，凱荷茵寄了一箱以各種水果製成的蜜餞給我們。

裡頭還附上一張卡片。

承蒙各位多日來的盛情款待，余當真是感激不盡。小小薄禮不成敬意，還請笑納。

怪盜凱荷茵

「她果真是個重情重義的好人！」

這起事件讓我明白一個道理，所謂的人生是大家都有各自不同的生活方式。

完

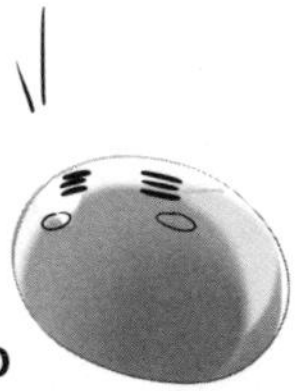

© Benio

紅龍女子學院
持續狩獵史萊姆三百年，
不知不覺就練到 LV MAX
—外傳—
Morita Kisetsu
森田季節
illust. 紅緒

歸來的師父

「十分感謝妳的好意，但我沒有增加小妹的打算。」

面對眼前這位緞帶特別醒目的新生，我以謹慎的態度鞠躬婉拒。

這位新生在被我拒絕仍不停表示「拜託學姊」、「我願意為學姊鞠躬盡瘁」。因為她的態度非常誠懇，令我感到莫名內疚。

「至今已有許多人對我提出同樣的請求，而我每次都予以婉拒，因此我不能接受請求讓妳成為特例。」

以此說詞來回絕是合情合理，但因為合情合理也導致我心生愧疚。原因是我無視對方的誠意，皆以公式化的說詞斷然拒絕。

話雖如此，我自然無法分辨眼前的對象是否比以往其他人都更為可靠或真誠，所以最終還是無法做出選擇。

在經過五分鐘左右毫無進展的交談以後，狀似是眼前新生的朋友突然走了過來，並遞出一條手帕給新生。

看來新生在我分神的期間已潸然淚下。

「萊卡學姊，不好意思給您添麻煩了。」這位朋友在恭敬地鞠躬道歉之後，便安慰著仍在哭泣的新生慢慢離去。

「……累死我了，疲勞程度堪比連續進行一百場的實戰切磋。」

我搖搖晃晃地彎腰坐在位於後方的花壇磚牆上。

此時，熙雅莉絲同學從庭園的矮樹叢裡探出頭來。

其實我早就察覺她躲在那裡了。

「辛苦您了，大姊。來，這是新發售的鹽味可頌。」

「謝謝妳每次都幫忙跑腿。喔，鹽味反倒將奶油的甜味突顯出來了。」

在吃完麵包後，我有稍微重振精神。

「話說回來，您還真受新生們歡迎呢，萊卡學姊。」

她肯定是故意強調萊卡學姊這四個字。

「雖說本校的宗旨是勇於挑戰，不過接受挑戰也挺辛苦的……」

正所謂歲月如梭，如今我已是二年級學生了。

期間曾舉辦過六年級學生的畢業典禮，不過學生會幹部之中幾乎沒有六年級學生，所以沒有任何需要我直接參與的工作。

既然有人畢業，也就有人入學，於是本校多了一批純真無邪的一年級新生。

而我升上二年級之後——就是必須面對接踵而來想成為我小妹的請求……

「加上剛剛那位已是第十四人……難道大家以為二年級學生只有我一個人嗎？更何況本校的高年級也不是只有二年級，大家應該要懂得利用這些多元化的選項。」

熙雅莉絲同學坐在我的旁邊，像是想幫我打氣地用她那溫暖的手拍拍我的背。順帶一提，紅龍族的手大多都很溫暖。

「大姊，會出現這種情況是理所當然，畢竟您是二年級裡唯一的學生會幹部，並且經常需要站在一年級新生面前公布事情——再加上大姊您可是大姊喔。」

「最後一句根本算不上是理由吧。」

「另外三年級以上的高年級學生大多都已有小妹，導致一年級新生們幾乎打從最初就已死心放棄。如此一來，當然就會盯上理應還沒有小妹的二年級學生囉。」

「我能理解妳的意思，但同為二年級學生就以小妹自居的妳實在沒什麼說服力。」

「跟在強者身邊接受修行，這算是相當正常的事情吧？」

明明我的成績比較優異，不過每次討論事情時都是我被駁倒。根據熙雅莉絲同學的說法，我的缺點就是過於正直，不過她又說我的優點也是過於正直，讓我有點無所適從。

「本校也有社團活動，她們大可去拜託社團裡的學姊收自己當小妹呀。」
「曾經加入過修行同好會，後來就沒再參加社團的大姊您是一點說服力都沒有。」
唔……我又一次被她駁倒了。
「就像我隸屬的幽靈研究社，老實說有不少社團裡的學姊都未必很厲害喔。」
「對耶，記得妳是加入這個社團。」
「幽靈研究社的社員們基本上都是獨來獨往，有個學姊在三週前獨自前往有惡靈出沒的廢棄房屋，結果到現在都還沒回來。」
「難不成是碰上什麼得派人去搜救的危險吧？」
「撇開人族不提，天底下沒有任何惡靈有辦法透過詛咒殺死我們龍族，十之八九只是這位學姊想查個徹底，相信她到時候就會回來了。」
不愧是龍族，就連藝文類社團的社團活動也頗有難度。
話說回來——
「既然妳剛剛在這裡就別躲著，直接出面說妳就是我的小妹，所以我沒辦法再收其他人即可。如此一來，或許也能讓這件事更快落幕。」
「大姊，您這句話是認真的嗎？」
熙雅莉絲同學露出打從心底感到傻眼的表情。
「到時就會演變成剛剛那位學妹為了賭上小妹的寶座，跑來向我下戰帖。她們之所以會就讀女子學院，就表示都對自己的實力頗有信心，這麼一來才會讓事態更加棘手。」

「說、說得也是……我太小看紅龍女子學院了……」

女子學院是每逢下課和休息時間，隨處都能見到學生之間的對決。

本校的宗旨就是學生們必須努力磨練自我，成為兼具美麗與力量的龍族。

「──沒錯，以力量貫徹自身的意志。若是辦不到的話，就代表自身的意志也不過爾爾。」

莉庫裘緣學姊突然出現在我們的面前。

害我稍微被麵包噎到了。

「學姊，請不要無聲無息地冒出來，妳又不是哪來的暗殺者……」

「因為我恰好看見自己輔佐的書記正在與新生交談，想說是否出了什麼事。」

我確實是莉庫裘緣學姊的上司，偏偏我又有點不適應。

順帶一提，熙雅莉絲同學在見到莉庫裘緣學姊時渾身一顫。假如有學生會成員突然出現在身邊，任誰都會心生恐懼。感覺這群人比幽靈還可怕。

「另外我碰巧有件事想向上司稟報，那就是這屆的一年級新生裡有個異類。」

語畢，學姊目光銳利地看了四周一眼。

是有人在窺視我們嗎？雖說我是有些大意，即使校內經常有人展開決鬥，但校規上有寫明嚴禁偷襲，任何學生若想決鬥都必須先提出申請。

面對刻意壓低音量的莉庫裘緣學姊，我明白她只是不想讓旁人聽見接下來的內容。

「在一年級新生之中，有個學生四處挑戰高年級學生，並接連奪走對方的徽章。」

莉庫裘緣學姊用手抓住自己的徽章。

「咦！竟然有這種人！」

前去挑戰高年級學生，奪走其徽章來當作獲勝的證明——這是本校低年級學生自古以來宣示自身獨立不懼之精神的手段。

可是想達成這點並沒有那麼容易。

因為高年級學生和低年級學生之間，尤其是一年級新生在實力上更是落差懸殊，幾乎沒有學生能夠辦到。

就算真有學生實現此事，自然很容易被高年級學生盯上，終有一天會敗在其他人手中，此時除了得將徽章物歸原主以外，甚至有可能被迫成為對方的小妹。

我所知道的成功案例，就只有四處掠奪徽章，最終成為學生會長的姊姊而已……

「為了避免人心惶惶，這件事尚未張揚出去，但能肯定本屆新生之中有一名學生的實力是不可小覷。上司妳很容易被一年級新生記住長相，所以奉勸妳最好提高警覺。」

關於上司這個稱呼，總覺得是學姊故意想諷刺我。

生性認真的莉庫袠緣學姊本該與我理念相近，卻不知為何難以跟她交心。話雖如此，假如有個性情和我相似的部下，我也不覺得自己能與對方打好關係……

對了，值得慶幸的一點是同學年裡有許多學生仰慕我，外加上遠足當時順利擊退藍龍族之後，大家對我的評價似乎水漲船高……可是因為這層緣故，同學們好像都把我視為偶像而非朋友……

導致我難以和同學們打成一片，而且我覺得這比鍛鍊身體更加困難。

這時，莉庫袠緣學姊把視線移向熙雅莉絲同學。

「妳叫做熙雅莉絲是嗎？」

「是、是的！我就是肉體破壞者熙雅莉絲……請、請問有何指教……？」

熙雅莉絲同學明顯感到非常驚恐。

「我是學生會的副書記，工作是輔佐萊卡書記，不過說起她的精神支柱，就由身為小妹的妳來負責，妳今後也要好好加油。」

語畢，莉庫袠緣學姊伸出自己的手。

熙雅莉絲同學一臉困惑地不知該如何是好。

「握手。」

熙雅莉絲同學聽見莉庫裘緣學姊的話語後，心驚膽顫地握住伸來的那隻手。

「這位上司很容易受到情緒的影響，有時能因此施展出百分之百的力量，有時卻只能發揮三成的實力，妳可要好好支持她喔。」

「遵遵遵遵命！我會全力以赴的！能能能能與學生會成員交談是我的榮幸！」

啊，這句話讓我再次體認到全體學生會幹部都是與眾不同的存在。

莉庫裘緣學姊斜眼將目光對準我。

並看似有稍稍放鬆表情。

「先告辭了。」

學姊才剛把話說完就不見蹤影。這個人的身手還真敏捷呢。

◇

四處挑戰高年級學生搶奪徽章的一年級新生。

踏上歸途的我，腦中閃過這則近乎傳說般的消息。

由於我剛結束學生會的工作，離校時間相對比較晚，校內只剩下三三兩兩的學生們。

去調查一年級的班級名冊應該能有所發現吧？不，像這種刺探他人的行徑實屬不妥，況且名冊裡也不會備註個人戰績。

既然此人到處奪取徽章，或許有機會被我撞見事發現場——

我走在返家的歸途上，行經一處人煙罕至的荒野。

此時恰好瞥見一群身穿女子學院制服的學生，她們將另一名穿著相同制服的女學生團團包圍。

竟有學生打算在校外動用私刑！

此舉明顯違反校規。除了遇襲這類莫可奈何的情況以外，校方嚴禁學生們在校外進行決鬥。原因是本校學生之間的戰鬥，往往會對周圍環境造成嚴重影響。

更別提這種以眾暴寡的異常事態。

確實在雙方同意之下，是能進行多對一或二對二的決鬥，不過多對一通常會給人留下不知廉恥的負面印象。

倘若本校學生以圍毆的形式將人打傷，情節重大者甚至可能被停學處分。

但校方也禁止學生在還沒釐清狀況時就強出頭，理由是紅龍介入糾紛經常會把事情鬧大，倘若這場對決是在雙方取得共識的情況下進行，上前打斷戰鬥同樣是違反校規，害我有點不好處理。

「就是妳奪走柯朵兒的徽章！」「現在的她憔悴到令人心疼喔。」「我饒不了妳！這就讓妳好好體驗一下高年級學生的厲害！」「妳的強奪徽章行動只能到今天為止！」

這場私刑的目標居然是搶奪徽章的一年級新生！

如此一來，我非得出面阻止不可！

撇開身為學生會成員應盡的義務，高年級學生就該保護低年級學生！

無奈雙方在我衝上前去之前就已經開打——

而且場面幾乎等於分出勝負了。

能看出低年級學生表現得無比冷靜，輕輕鬆鬆接連躲開高年級學生們的攻擊。同時以借力使力的方式把敵人通通摔出去。

只要是練過武術的人，觀察幾秒即可明白這名一年級新生能完勝對手，根本不需要外人幫忙，因此我立刻停下腳步。

在我被眼前光景有些驚呆的這段期間，四名高年級學生已全數倒地，雙肩起伏地大口喘息。

面對這群無力再戰的高年級學生們，一年級新生神色淡然地從她們的制服上一把摘走徽章。

竟然擁有如此高強的身手！

但她給人的感覺並非活力十足，以真人不露相這句話來形容會更貼切。是個狀似已看透世俗、宛若一名隱居山林的賢者、氣質脫俗落落大方的女學生。

這模樣令我聯想到一名女性。

就是收我為徒弟的短髮學姊。

儘管我從未與短髮學姊實際交手過，也不曾目睹過她跟人交手的模樣，我卻不禁認為學姊會以這種方式與人戰鬥。這位新生的一舉一動都和學姊有著相似的氛圍。

——不對，其他人真能具備這樣的氣質嗎？

話說回來，此新生同樣留了一頭短髮……

「太嫩了，就因為妳們盲從於力量才變得如此軟弱。」

在聽見這股聲音之後，我心中的疑慮轉變成確信。

「您是短髮學姊吧！」

當我出聲呼喚的同時，最後一名對手剛好被踹倒在地。

接著一年級生緩緩地扭頭望向我——

看清楚容貌之後，我敢肯定她就是短髮學姊。

「啊～是萊卡呀，我知道妳參加學生會了。不過嘛，我現在是短髮學妹，為了測試自己修練的成果才就讀女子學院，畢竟紅龍族的佼佼者們都在這所學校裡。」

她一派輕鬆地隨口說出這番驚人的事實。

「目前的成果還算不錯，我已取得十六個高年級學生的徽章……不對，加上這群傢伙的就是二十個。」

儘管我早已有預感，不過此人當真是強悍無比。

而且她不同於孔武有力的那種人，具有一股內斂的氣場，那身實力是經過日積月累所培養出來，猶若長年使用並妥善保養令其表面充滿光澤的木製品。

接著她以雲淡風輕的語氣對我說：

「雖然比我預估的提早一點，但我本來就打算這麼做。萊卡，妳我實際來比試一場吧。」

即使從她身上感受不到絲毫的鬥爭心，卻傳來一股非比尋常的存在感。

「之前只在腦中的想像裡與妳對戰過，而且身為師父的我無論如何都會傾向於被動，所以我現在比當時可是強上百倍喔。」

我相信這句話絕非虛張聲勢。

「萊卡，妳就以學生會書記四天王之一的身分戰勝我，我將在下次朝會時向妳提出挑戰。」

最終竟以如此形式被強奪徽章的新生下戰帖，真叫我始料未及。

「這下子我就能大略掌握學生會所有成員的能耐，至於妳也能親身體會我現在的實力。」

她是打算藉此確認自身的力量。既然如此，指定我為對手倒也合情合理。

畢竟學生會被譽為女子學院的頂點，而我則名列其中的末位。

除此之外，我也並非無法聯想到其他理由。

「我是願意接受挑戰，不過短髮學姊妳這麼做的用意是想瓦解學生會嗎？」

看在第三者的眼裡，學生會也像是被名為蕾拉的邪惡學生會長所把持。

「就跟妳說我是短髮學妹呀。」她如此糾正我之後繼續說下去。

「我對那種事不感興趣，至於對我而言極為迫切的要緊事，看在他人眼中卻恍如兒戲，與貓咪玩弄毛線球毫無區別。其實我有另一個私心，就是想跟形同我徒弟的妳較量一下。」

問題是對我而言，這可是一場絕對無法稱為兒戲的挑戰。

真是的，虧我不久前還很煩惱自己太受低年級學生們的矚目。

一旦我在此戰中落敗，就會被蓋上可悲輸家的烙印，從此再也不會有人仰慕我了。這麼一想，或許打輸也不失為是件好事。

——但為了切身體認到自己的成長，我非得戰勝這個人不可。

「短髮學姊，請問您叫什麼名字？」

「諾娜蕾。」

這是她首度將自己的名字告訴我。

◇

諾娜蕾小姐一如之前所言，在學生會幹部的朝會報告時，從一年級新生的隊伍中站了出來。

現場自然是一片譁然，而她在眾人面前展示裝著大量徽章的小袋子，藉此證明自己已奪走二十名高年級學生的徽章之後，便對學生會裡最年幼的我下戰帖。

面對這位名為諾娜蕾的異類一年級學生，現場充斥著厭惡和期待混雜而成的氛圍。

會長將目光對準我。明明身為會長卻愛惹事的她，此刻露出一個特別高興的表情。

「如何?萊卡,妳要接受挑戰嗎?」

「是的,畢竟我無法選擇避戰,若是這麼做只會導致大家對學生會的信賴一落千丈,並對學生會今後的運作造成影響。」

既然有人正式發起挑戰,在沒有正當理由的情況下隨意拒絕是可恥之舉。

「我想問的不是這個,而是妳——有辦法戰勝那名一年級新生嗎?」

姊姊揚起嘴角窺視著我的表情。

如果我越是顯得很傷腦筋,姊姊就會越開心吧。

這真符合姊姊的個性。害我差點不合時宜地笑了出來。

「嗯,我就是想聽見這個回答。反正妳曾經打贏過芙拉托緹,相信應該沒問題的。不過她的狀態會隨著日期起起落落,所以也得看她當時是怎樣了。」

「我一定會贏的。」

「意思是她和我一樣容易受到精神方面的影響嗎?」

莉庫裘緣學姊之前也提醒過這件事。

「不是的,而是她有時吃壞肚子還跑來挑釁,那時的她爛得跟渣沒兩樣。」

那不就只是個笨蛋嘛……

此時,姊姊望向諾娜蕾小姐。

「書記答應與妳比試,時間就訂在下次朝會,至於地點我想選在這間禮堂內,妳應該不介意吧？」

「無妨。」

諾娜蕾小姐在面對會長時，仍以無所畏懼的態度開口回答。

於是乎，最強一年級新生和我的對決就這麼拍板定案。

◇

當天放學後，我趁著前往學生會室處理公務之前，朝著那座洞窟走去。

而那裡自然是我加入修行同好會當時的洞窟。

能看見諾娜蕾小姐正翹著腿坐在裡頭。

「妳果然在這裡。」

「瞧這裡都荒廢了，表示妳沒再來過這裡囉。」

「因為修行無須執著於地點，而且我學會了一件事，那就是與更多人交流來讓自己變強。」

「嗯，所謂的真理沒必要只有一個，妳就遵循自己的真理勇往直前即可。」

我們就像是多年以來都在這裡參加修行同好會般開口聊天。

「我原以為在敲定比試之後，妳會顯得更為不安，看來是我多慮了。」

「反倒是班上亂成一團。我有個名叫熙雅莉絲的小妹，她就為我操足了心。」

明明我有可能會因此失去至今所築起的事物，我的內心卻宛如無風的大海般十分平靜。事實上我還感到有些開心。

「其實我還滿想跟短髮學姊妳一較高下。」

「就跟妳說要叫我短髮學妹呀。」

「那個，因為我還是習慣不了，所以無法改口……」

「我也一樣想親眼瞧瞧妳的改變喔。」

該說的事情都講完了。換作是一般人，大概會想詢問對方為何挑在這時入學、實際年齡究竟是幾歲等諸如此類的問題，不過這些對我來說都無關緊要。

「期待妳我到時都能夠全力以赴。」

我靜靜地走出洞窟。

從今以後，我應該不會再來這裡了。

◇

直到比試當天，我都沒有進行任何值得一提的特殊訓練，就只是持續做著我每天為自己安排的基礎運動等等。

由於我沒有暫停學生會的工作，因此每次放學後，我都會前往學生會室報到。

這天我似乎有點太早過來，只見莉庫裘緣學姊一個人坐在裡面。

「妳知道嗎？放輕鬆與懈怠是截然不同。」

莉庫裘緣學姊又開始嘮叨了。

每當這種時候，我給出的回答就是此次對手絕非臨陣磨槍便有辦法取勝，關鍵在於日復一日從不間斷的鍛鍊。這樣的談話已重演過好幾次，而我每次都做出相同的回應。

「這我知道……不過妳那種雲淡風輕的態度，讓許多學生暗地裡都認為妳是提前認輸了……」

莉庫裘緣學姊的關切令我有些感動。老實說，我也無法確定自己現在的心態是否該歸類為自暴自棄，也難怪會讓身邊的人感到不安。

為了處理學生會的公務，我來到自己的座位上。

就在這時，莉庫裘緣學姊從背後一把抱住我。

「我總覺得妳若是落敗的話，就會主動辭去學生會的職務，這令我害怕到睡不著覺。」

莉庫裘緣學姊維持這樣的姿勢把話說下去。

「這是全體學生會所接受的挑戰，妳不必獨自背負一切，也無須想著要為此負責。」

儘管這樣的感想不合時宜，不過我在聽完學姊溫柔的話語是感到非常高興。畢竟她的這個舉動，無疑就是在為我操心。

「我會贏的，也不會因為出現怎樣的結果離開學生會，理由是這一戰與選舉無關。要是打輸的話，大不了只會被人奪去徽章。而且就算失去徽章，也不代表我從此沒資格擔任學生會的幹部。」

「……嗯，我對妳有信心。」

雖然學姊這麼說，但她的表情還是一樣憂心忡忡。

「我沒辦法心情輕鬆地看著妳站上擂臺……也許這就是我的軟弱吧。」

「我認為這不是軟弱，而是會解釋成溫柔。」

身材嬌小的學姊繼續從背後輕輕地摟著我，就這麼維持一段時間。

◇

禮堂內擠滿了學生。不，這麼說有點不太恰當，還能看見數名教師來到現場。有位教師甚至說出「這或許是繼現任學生會長上位之後的重大事件……」之類的感想。想想諾娜蕾小姐正在做的事情，與姊姊接連戰勝高年級學生，最終登上學生會長寶座的事蹟是如出一轍。

話雖如此，諾娜蕾小姐肯定沒打算成為學生會長。倘若她當真就任，總覺得會在一個小時後就辭去職務，並向學校申請退學。

身為挑戰者的諾娜蕾小姐，已等在位於禮堂中央的擂臺上。

大概基於比試的緣故，她硬是把袖子捲起來。儘管那副模樣有失優雅，但假如有誰勸她放下袖子的話，就只會換來一聲冷笑吧。

我大步流星地走向諾娜蕾小姐。

途中能聽見來自旁人的加油聲，不過有更多人是一臉緊張地默默在旁關注。因為有些人認為這場比試事關女子學院的秩序。

畢竟學生會幹部在受到諸多學生敬畏的同時，也是守護學校的存在。

不過這群人根本多慮了，就像姊姊於幾十年前也曾在校內掀起革命，如今卻沒有任何人對她建立的秩序抱持疑慮，原因是大家都會漸漸習慣。

另外，秩序這種事對我而言並不重要。

我就只是想與諾娜蕾小姐對戰，想卯足全力與她一戰。

「妳看起來似乎很開心呢。」

諾娜蕾小姐面無表情地說著。

「是啊，我很高興能與短髮學姊重逢。」

「就說妳要叫我短髮學妹呀。」

我們面對面小聊幾句後，擔任裁判的教師走上擂臺，開始解釋那些大家早已聽慣的規則。禁止噴火、禁止化成龍形、直到其中一方認輸或昏厥才會結束的無限時比試。

那麼，比試開始！

在宣布戰鬥開始的同時——我隨即閉上雙眼。

因為旁邊傳來「兩人都閉上眼睛了！」的話語，讓我能夠肯定諾娜蕾小姐也做出相同的舉動。

不過這場比試仍毫無問題地持續著，理由是我們都知道對方目前位於何處，接下來打算進攻哪裡。一段時間後，我藉此掌握到諾娜蕾小姐發動攻擊的位置與產生的疼痛。

事實上，緊閉雙眼是有其意義的。

因為我和諾娜蕾小姐在進行實戰的同時——

也在腦中的想像裡交手！

我閉起眼睛看見的不是黑暗，而是位於道場內的我與諾娜蕾小姐。

恐怕只有我跟諾娜蕾小姐才知道這點。

確切是唯獨我和諾娜蕾小姐對戰時才能夠辦到這點。

因為傳授我如何在想像中戰鬥的人就是師父！

換言之，我們同時在現實與想像這兩個地方戰鬥。

「我真沒料到妳能達到這個境界。」

這是想像裡的諾娜蕾小姐所說的話語。

「畢竟我在妳離去後依然持續修行，並從妳以外的許多人身上學會了各種不可或缺的事物。」

「在學校裡交朋友會局限自我成長。」

「沒那回事，人際關係也能讓人獲益良多，妳就是對此有所感觸才會重新回到這裡吧？」

來自現實世界的喝采傳入了我的耳裡。

「好厲害！即使兩人皆閉上眼睛，還是有辦法打得如此激烈！」「而且速度快到令人目不暇給！」

我想也是，畢竟我的實力比起入學當初已有所長進。在見識到我的身手後，能聽見不少人都為此發出讚嘆。

當我在現實裡對諾娜蕾小姐使出踢擊時，想像中的我也以手臂擋下諾娜蕾小姐的拳頭。

這是世間首度出現，在想像和現實中同時進行的戰鬥！

不，我目前仍受到現實的限制。

真正的我理應可以更加自由！

想像中的我化成龍形。

雖然禮堂內的戰鬥是一旦變成龍就視同犯規，但在想像裡以何種姿態應戰都沒關係，根本沒有任何限制。

「嗯，那我也這麼做吧。」

諾娜蕾小姐同樣化為龍形。

兩頭巨型生物開始激烈交鋒。

儘管戰鬥方式和人形姿態有所差別，想像時會比較辛苦，可是我並不會因為這點程度就「應接不暇」，畢竟我至今已進行過無數次意象訓練。

清楚的想像對現實面也有益處。

這是某位人族學者提出的理論。

積極的想像會宛如魔法般讓現實變得更美好。

既然如此，想像中的戰局同樣會對現實中的戰鬥產生影響！

我在實際操控肉體的同時，於想像中噴發火焰，並以龍爪攻擊諾娜蕾小姐。

想像裡有著宛如真實重現的高熱、疼痛、轟鳴等各種現象。

這與其說是想像及現實，不如說是有兩種現實同時存在會更貼切。

「感覺上……就像是正照著鏡子。」

化成龍形的諾娜蕾小姐大口喘息，上氣不接下氣地說著。

她的語氣聽起來像是相當滿意。

「這場戰鬥可說是妳順利開竅的成果。真沒想到能與如此成功體現我的理想之人展開對決……光是這點，就已經不枉費我進入女子學院了。」

「承蒙師父您的誇讚，弟子愧不敢當。」

「但是時候該結束了，假如我沒能戰勝妳，就無法繼續邁進。」

巨型紅龍以前所未有的速度襲向我。

也對，修行總有結束的一天。

現在是我報恩的時候了。

諾娜蕾小姐，看我就此超越您！

於想像中化成龍形的師父在逼近我的瞬間——龍形姿態的我突然變成原本的好幾倍大。

沒錯，這裡是腦中的想像。

因此無須受限於原本的體型，大可幻化成足以一腳踩扁對手的龐然大物。世間每一個人的身上都有枷鎖。

而這些枷鎖來自於貧瘠的想像力，以及軟弱到三兩下就認定自己辦不到而選擇放棄的意志力。

一旦拋開這些枷鎖，想像中的自己將能夠無止盡變強！

龍形的諾娜蕾小姐抬著頭仰望我，能看見她在我巨大的影子籠罩之下變得黯淡無光。

接著她慢慢地點了點頭。

「表現得非常好，萊卡，看來妳領悟得比我更加透徹！」

想像中的我也點頭以對，然後一腳踩向化成龍形的師父。

——與此同時，現實中的戰鬥也分出勝負。

我跟諾娜蕾小姐一起往前衝，並卯足全力揮出一拳，但最終是只有我順利擊中對方的臉頰。

這一拳紮實地命中目標。

對此充滿信心的我，直到這時才睜開眼睛。

恰好看見諾娜蕾小姐整個人被打飛出去，在地板上滾了好幾圈才停下來。

擔任裁判的教師大聲宣布比試結束。
看來我有確實完成自己該做的事情。

◇

……不過，勝利總會伴隨其他的副作用。
在我穿過校門的下一刻，幾十名學生將我團團包圍。
「拜託請收我當徒弟！」「無論要我挑水、清掃或洗衣都沒問題！」「即便只是讓我跟在您身邊觀摩學習也好！」
人數多到光是回絕都頗有難度……而且還有高年級學生參雜在裡面，再怎麼說我也無法把高年級的學生收來當小妹喔……
「大姊，這只能怪妳自作自受，誰叫妳當著全校學生面前，閉起眼睛展開一場空前的對決，甚至成功戰勝對手，理所當然會變成萬人迷呀。」
熙雅莉絲同學似乎懶得過來幫我解圍，獨自站在一旁吃著麵包。
此時，莉庫裘緣學姊露出惡狠狠的眼神出現在旁邊。
「不准做出這種給人添麻煩的行為！隨時都要謹記應有的禮數與氣質！」
要是這些人不肯解散的話，我光是抵達教室就得費上一番工夫。幸虧被冠上速龍稱號的學姊飛快前來幫我解圍。

「謝謝學姊。明明距離那場比試都過了兩週，結果熱潮到現在仍尚未消退。」

「妳只要再忍一下就好。另外，萊卡……」

原本目光如炬的莉庫裘緣學姊，忽然換上一道柔弱的眼神。

「很抱歉我之前居然說妳可能離開學生會，或是擔心妳會落敗等喪氣話……畢竟妳並不是那種軟弱的龍族。」

以某種層面來說，當時的莉庫裘緣學姊比我更擔憂對戰結果。

「純粹是我非常期待能與師父一較高下。謝謝學姊總是這麼關心我。」

即便只是形式上，身為上司能有個處處為自己操心的部下也不是什麼壞事，今後也請學姊多多指教。

「而且在她入學之後，似乎有替女子學院帶來良性的刺激。」

在庭院中央的炎柱前能看見諾娜蕾小姐和她新收的徒弟們，從一早就在進行不靠雙手的伏地挺身以及超慢動作的仰臥起坐等肌力訓練。

由於修行同好會的人數增加至十人以上，因此現在已是校方公認的同好會。

曾經參加過同好會的我，也得好好努力精進才行。

在我行經諾娜蕾小姐的前方時，她突然說出以下這段話。

「萊卡，我是想成為妳的小妹才在努力修行喔。」

「您認我當大姊又得不到好處，建議您另尋高明吧。」

我用自己以前遭拒的那句話，拒絕了諾娜蕾小姐想要我收她當小妹的請求。

我現在終於明白，不能以半吊子的心態收人當小妹，倘若對方還具備可敬的才華或精神，就更加無法把對方當成小妹。像我在入學當天便以半吊子的心態不慎收了個小妹……事後自然無法反悔……

「妳只要心想我是小妹即可，我在想像中會把妳當成大姊的。」

「想像中……這樣也行嗎？」

諾娜蕾小姐擺出一副淡然的模樣。

「嗯，比方說目前就想像著我們正在洗澡，而我剛好要幫妳搓背。」

「這種想像就不必了！」

我忽然有些擔心，諾娜蕾小姐是否有正確領悟我想表達的意思……

學生會長的畢業典禮

紅龍族棲息的洛可火山是各處會不斷噴發火山氣體形成的熱氣，讓氣溫不太會往下降，但在入冬時還是會明顯變冷。

因為紅龍族的民族性不喜歡寒冷，所以大多都會在這段時期舉家前往位於火山內的溫泉街享受泡湯。

學校放寒假後，我也跟著家人一起來到在洛可火山經營旅館的親戚家休養。由於化成龍形很快就能飛回家去，因此這裡稍微能給人一種來別墅度假的感覺。

我們家在入冬後的固定行程就是全家人一起去泡溫泉，只要沒有重大變故就不會輕易更動。基於此因，我對溫泉街當地知之甚詳，就連隨便一條小巷會通往何處都掌握得非常清楚。

不過唯獨今年是即使溫泉如同往常那般舒適，我卻無意去泡湯，經常待在旅館房間裡發呆。

家人們今天同樣是一起去溫泉街散步，但我獨留於房間內，偶爾寫寫女子學院的寒假作業。

「哎呀，萊卡，妳一直待在房間裡嗎？」

姊姊在中午前回到房間。她似乎在逛街時有買東西來吃，手裡還拿著幾根竹籤。縱使此處不是女子學院，同校的學生仍很有可能會來這裡泡湯，所以最好別做出有損形象的行為。當然我並沒有將這些話說出口。

「我今天都在寫作業。比起家中，此處更能讓我集中精神。」

「妳這番說詞是真假參半，因為依妳的個性是剛放長假就幾乎把作業寫完了，而且往年都是如此。妳之所以故意沒有先寫作業，純粹是為了避免自己胡思亂想吧。」

姊姊探頭看了看我手中的筆記，隨即得出上述結論。老實說我從以前到現在，沒有一件事能瞞得過姊姊。這與其說是姊姊擁有過人的洞察力，不如說是我太沒心眼了。

「沒錯，事實的確就是這樣，因為姊姊妳今年就要畢業了。」

「哎呀，我畢業會令妳感到寂寞嗎？妳還真是很黏姊姊我呢～」

語畢，姊姊一把將我摟進懷裡。

於是我像個人偶般任由姊姊甩來甩去，腦袋瓜也順著力道搖來晃去。原因是不論我如何抵抗，姊姊都絕不會作罷，甚至還會覺得我反應良好而變本加厲，所以乖乖任她擺布才是上策。

也不知姊姊已去泡湯多少次，今天她身上有一股沐浴後的芳香。

「我怎麼可能因此感到寂寞，重點是返家後便能見到姊姊。另外因為妳我學年不同，課堂上是絕無機會遇見彼此。」

「萊卡，即便妳說的都是實話，姊姊聽了還是會很傷心喔。」

姊姊用她那鼓起的臉頰輕輕磨蹭我的臉。

既然眼前之人能夠一眼看穿我的心思，為何我還得浪費口舌跟對方解釋嘛。

「一想到姊姊畢業之後，校內可能會出現難以預料的變故，我就在意得坐立難安。因為姊姊妳是畢業生，算得上事不關己，但身為學生會幹部的我則是備感壓力。」

這是姊姊升上六年級的第十年。

表示她將在今年自女子學院畢業。

總覺得姊姊畢業後會悠哉地環遊世界。想想她頂著長期擔任學生會長的頭銜，不管去哪都肯定能餬口飯吃，因此我全然不擔心姊姊的將來。倒是我不小心去關切她的話，她肯定會亂搞一通來逗我。

「咦～？我在畢業前已經把會長一職交出去啦。而且是當著妳的面，將職位禪讓給東副會長茜光聖蒂呀。」

照此情形看來，我必須繼續對一個早就知道我想說什麼的人開口解釋。

「是的，姊姊在形式上不再是學生會長，是個尋常的六年級學生，偏偏就只是形式上。妳以會長之姿長期獨裁統治女子學院，讓妳到現在仍保有一定的影響力。」

「姊姊我不喜歡獨裁這兩個字喔。」

語畢，姊姊用拳頭抵著我的腦門旋轉並按壓數次。儘管這對同為龍族的我不會造成什麼傷害，不過換作人族恐怕已經腦袋開花升天了。

「即便姊姊不喜歡，我說的仍是事實！是姊姊妳逼我說出實話！姊姊妳和同學年的前西副會長翔擊緹蜜雅奴學姊都準備畢業了，下年度的校內勢力平衡肯定會產生變化。」

沒錯，姊姊在紅龍女子學院裡擔任了很長一段時間的學生會長。

姊姊是名副其實的最強存在，女子學院在她的帶領下才得以沒有發生任何變故地運作下去。

一旦姊姊離開之後，有許多人想爭奪下屆會長的寶座也不足為奇，這樣一來可能會導致報名參選學生會長的候選人大幅增加。

如此一來，校內勢必會爆發嚴重的抗爭。

至於目前就任的會長茜光聖蒂，終究是前任會長禪讓才繼位的。

並非全校學生都承認她是最強的存在。

日後未必不會出現堅信自己才是校內真正的最強紅龍，主張她才夠格成為學生會長。

倘若該學生遙遙領先其他競爭者，也許還有能力接掌學生會——

但要是僅以些微差距奪下會長之位的話，絕對會有其他學生打算篡位！

因為名為蕾拉的封條已被拆掉，有可能導致女子學院從此陷入煉獄的缺口就這麼被打開，揭開動亂時代的帷幕。

——偏偏姊姊在看穿這一切之後，仍擺出如此不負責任的態度，甚至沒有露出絲毫畢業前夕的感慨悠哉過活。

姊姊至此終於停下用拳頭按壓我腦門的動作。

「我能提供的建議，也只有請妳們好好加油啦。在我擔任學生會長的期間，可是從來沒有逃避或躲藏過，即可看出女子學院的水準也不過那點程度。如果學校在我畢業之後陷入動盪也與我無關，就讓那些井底之蛙自己去鬥個頭破血流吧。」

儘管這番話聽起來相當冷酷，但這就是姊姊的本性。

而她在女子學院裡，表面上是不會擺出這種態度。

「女子學院的確曾有過一段紛亂的時期，不過在我入學時已是學生都很守規矩的大小姐學校，因此我只需維持原有的風氣，基本上算是挺輕鬆的。可是我無法保證今後也會一樣，就只能讓那些活在該時期的學生們靠自己去努力了。」

「這我知道……姊姊妳並沒有做出任何違規的舉動，反倒是幾十年來都由同一人擔任會長才實屬異常……」

即使茜光聖蒂學姊順利接掌會長一職，但她目前已是五年級學生，很快就會升上六年級，再過十年便畢業了。在此之前將會先面臨學生會長選舉，必須選出下一屆的學生會長。

學生會長乃是女子學院的學生代表，由高年級學生擔任才符合常理，最終自然是每屆會長都在短期內就會輪替。

「真・拿・妳・沒・轍。」

姊姊刻意在我耳邊一字一字地低語說出這句話。

我嚇得原地跳起。

「妳做什麼啦!?」

相較於提出抗議的我，反倒是姊姊擺出一副生氣的樣子。

「萊卡，聽妳說了這麼多，感覺妳的目光太短淺了，為何妳滿腦子只想著學生會跟女子學院的未來呢？妳何時變得這麼小家子氣？姊姊我難過到都快哭出來了。」

「這有何不對？我可是學生會的幹部呀！自然要為學生會與女子學院的未來做打算！」

只因為這種理由就對我發脾氣，未免太不講理了吧！

「萊卡，妳入學當初的夢想並不是加入學生會吧。」

聽完姊姊的這句話，我忽然有種豁然開朗的感覺。

對耶。

我原本追求的目標是——

「記得妳是想要超越我，換言之便是成為女子學院裡最強的紅龍，更進一步就是稱霸我族成為最強的紅龍，成為天底下最強的龍，成為這世上最強的存在，妳現在還抱有這個想法吧？因為妳很單純，所以這點小事我還看得出來。」

接著姊姊板起臉來，伸手指著我的臉說：

「等第三學期開始後，妳我就來一決勝負吧。我會在畢業前與妳全力一戰，所以妳也要全力以赴喔。」

這與其說是姊姊的挑戰書，不如說是前任會長的開戰宣言！

姊姊忽然伸出舌頭，就這麼放鬆臉上的表情。

「而且妳真能打贏我的話，大家理當會將妳視為最強，也就稍微能讓全校學生們更加團結不是嗎？」

啊～姊姊見我對女子學院的未來憂心忡忡，所以決定在最後送我一份禮物。

一旦我順利勝出，大家就會承認我是校內最強。

如此一來，校園應該就不太容易陷入混亂了。
不過想收下這份禮物絕非毫無代價。
「但如果打贏的人是我，就不敢保證情況會變成怎樣囉。或許大家會認為這屆的學生會幹部都沒什麼了不起喔～？另外我願意賭上前學生會長的尊嚴發誓，我在這場比試裡絕不會做出放水等不公的行為。」
真傷腦筋，姊姊居然幫我安排了如此破天荒的課題。

◇

當寒假結束後，在重新回歸校園生活之時——
「長期被譽為本校最強的前學生會長，請問妳願意接受我的挑戰嗎？」
我決定先發制人，主動向姊姊下戰帖。
此處是校舍前的庭院，我們兩人就站在通天炎柱的前面。
姊姊見狀後，忍不住捧腹大笑。

「真不愧是萊卡！沒想到是妳跑來向我宣戰呢！」

「因為姊姊的功績在我之上，這種事由下位者提出才符合常理。」

想當然耳，姊姊是一口答應我的挑戰。

此事立刻成為比六年級學生即將畢業更讓人熱議的話題。

有些人天真覺得這是一場姊妹對決而等著看好戲，至於學生會的幹部和教師們則擔心這場比試會對學生會的運作產生負面影響，眾人的反應五花八門。

可是沒有任何人前來指責我。

理由是姊姊在接受挑戰之後，就一定會與對手分出高下。

若有勇氣證明自己才是最強存在，大可在姊姊畢業之前提出挑戰，並非只有我才具備資格。

既然沒有任何一名學生敢這麼做，足以證明蕾拉就是如此具有影響力的存在，大家都認為沒有學生能戰勝蕾拉。

總之我會盡力而為。

教師們似乎出於好意，宣布說這是前任會長畢業前的最終比試，於是提前一小時結束當天的課程，為我們安排好比試時間。

地點就在禮堂內。無論結果為何，全校學生都會親眼見證這場比試。

輿論上是姊姊占優勢。

畢竟姊姊以學生代表身分長年稱霸女子學院，將她視為偶像的學生人數，恐怕就占了全校的兩成吧。

姊姊她文武雙全，兼具外貌和內在，同時不失威嚴，一直以來都是本校的楷模。學生們把姊姊當成榜樣努力求學，教師們也以姊姊為標準來教導學生。

而我當然也是其中一人。

不，正因為我是妹妹，所以我更是把姊姊當成自己的目標。

校內沒有任何一人會比我更了解姊姊。

基於此因，我非得超越姊姊不可！

儘管當一名追逐者是比較輕鬆，可是我不能再這樣下去了。

與姊姊對峙的此時此刻，我相信自己也有露出笑容。

仔細想想，我從來沒有認真地與姊姊一戰。姊姊總是很寵我，我們甚至不曾起爭執。而我也把姊姊的偉大之處視為理所當然，對她抱持憧憬與敬畏的心情。

不過，我現在會卯足全力去挑戰她。

禮堂內瀰漫著一股詭譎的氛圍，還有學生在比試開始前因身體不適被送去保健室。

但我並不排斥這個感覺。

或許我一直都在追求這種場合也說不定。

事到如今，能夠加強或思考的部分已經不多。

若要把戰鬥中的一切行動全部轉換成語言，恐怕說再多也講不完。不過動作和理論全都鉅細靡遺地記在我的身體和大腦裡，我只需遵照這些內容盡力而為就好。

由於比試的規則之一是不得動用魔法，只准使用拳腳攻擊，因此女子學院裡的比試都單純到令人詫異。

而結果就只能聽天由命，會贏的話就會贏，會輸的話就會輸。

既然如此，我還是想取得勝利，設法別讓自己吞下敗仗，而這就是所謂的勝負。

我與姊姊泰然自若地對視著彼此。

「我可不會因為妳是親妹妹就手下留情——相信妳沒有我這麼提醒也很清楚吧！」

姊姊立刻把身體往前一彎發動攻勢。

此攻擊的意圖再單純不過，就是光靠蠻力擊倒對手，根本稱不上是技巧。單論技巧的話，比姊姊優秀的學生大有人在。

偏偏她的一招一式都沉重到近乎可怕！

擊打到身體的聲響甚至沿著骨頭傳進腦門！

「我在入學沒多久就被冠上破壞王的外號，理由是不管對手如何防禦，最終都會被我強行破壞。不過隨著時間流逝，大家再也沒有稱呼我為最強，就只是尊稱我一聲會長而已。」

這就是姊姊——這就是蕾拉的強項！

在她的認知裡，根本沒有如教科書般的正統戰術。

她從不思考怎樣才能夠更有效率地擊敗對手，或是該如何熬過眼前的攻勢。

單看技術層面是近乎拙劣，一般人都不會想要模仿。

偏偏其攻擊威力是空前絕後！

憑藉蠻力壓制，強行粉碎對手！

明明她的戰鬥方式如此荒唐，並非歷經長期修練卻實力蠻橫，是與生俱來的才華——只能說是天賦異稟！

是受上蒼祝福的神力！

「我現在終於明白……為何有那麼多人崇拜姊姊了……」

沒有一人能夠以合理的方式解釋自己為何會敗給姊姊。

所以只能承認姊姊是命中註定必須成為支配者的天選之人，不得不低頭服從。

原因是親眼目睹受神寵愛之人就站在面前，任誰都會覺得自己不可能是在更得諸神歡心之下投胎到這個世上！

「說起敢與我作對的傢伙，就只有藍龍族的芙拉托緹。那種笨蛋總是特別難應付，這或許就是所謂的同性相斥吧。」

「嗯……妳們在無視戰鬥技巧這方面倒是非常相似……」

「說起我與那傢伙的差別，就是我並沒有忽視生活中該有的技巧！所以是我比較厲害！」

姊姊的膝擊命中我的腳部。

相較於痛楚，反倒是流進體內的衝擊波仍不斷在侵蝕我。

導致我幾乎快要放棄抵抗眼前的逆天力量。每一擊都令我的身體漸漸麻痺。即使我精確地擋下攻擊，隨之而來的暴力彷彿大聲嘲笑著這只是在耍小聰明！

不過，我的心底又有另一股感受。

就是我具備跨越眼前難關的可能性。

縱然才華相差得再懸殊，我至今都有在持續提升自我，遵循本校的校訓『挑戰、勝利、成長』那樣腳踏實地、近乎愚昧、不斷精益求精地活在世上。

因此仍有機會彌補這中間的差距！

就像現在我的體力明明已被大幅消耗，卻依然屹立不搖地站在這裡！

我接連對姊姊出拳。

因為姊姊不擅長閃避，我輕而易舉便擊中她。相信她是認為自己沒有閃躲的必要，才會缺乏這方面的練習。

「有一套嘛。輪到我了！」

我隨即挨了一記強烈的側踢，就這麼被踹飛至禮堂的牆上，當場留下一個巨大的凹洞。

不過我仍有對姊姊造成傷害。

我就按照這樣繼續再接再勵！

如同用磚頭建造高塔般慢慢往上堆，就此蓋出一座通天巨塔。

即使地基被毀，只需重新來過建造出更堅固的地基即可。

如果天才具有符合天才的戰鬥方式，凡人也有屬於凡人的應對之道！

不管我遭受姊姊多少攻擊，我從沒忘記對姊姊反擊。

「還不倒下嗎……？妳還真有體力呢……」

姊姊不由得皺起柳眉。

「因為我就是這麼討厭放棄！」

「我可不想在這種時候才見識到妹妹不為人知的一面喔！」

「如果妳以為自己真有那麼了解我的話，那妳可就大錯特錯！」

在這之後——不，打從一開始就是一場極其狼狽的拉鋸戰。

我只能採取最低限度的防守，不停進攻只求把對手的體力耗盡，直到倒下之前都維持這種戰術。

每當被姊姊擊中，我就一定有機會能給予反擊。

正所謂以牙還牙，只要自己能堅持下去，必定可以對敵人造成傷害。

如今我就只是全憑意志力苦撐。

明明熙雅莉絲同學、莉庫裘緣學姊、諾娜蕾小姐以及相同學年的同學們都在為我聲援，我卻聽不見任何加油聲。

彷彿這世界就只剩下我和姊姊而已。

想想在與諾娜蕾小姐對戰當時，我也體驗過類似的感覺。

以拳頭交流——雖然乍看之下相當粗暴，卻也是非常真誠的一種溝通方式。

雙方都正面承受彼此的攻擊，直接被打飛至牆上，但很快就重新起身，反過來把對手揍飛到另一面牆壁上，上述情況就這麼不斷重演。要是沒規定不得噴火的話，現場恐怕早已化成一片火海。

「給我倒下吧！」

我又被揍了一拳。

但我不會倒下的！

因為我不是為了跟姊姊較勁才站在這裡。

而是為了讓自己變得更強，說什麼都不能輕易屈服！

「為什麼妳還有辦法站起來!?」

姊姊揮出重拳打在我的胸口上。

能感受到大腦產生激烈震盪，害我無法站穩腳步。

此刻能隱約看見姊姊忍不住放鬆表情，想必是認為我這次總算要倒下了。

「還沒完！比試還沒結束！」

我配合搖晃的身形順勢揮出一拳——

就這麼精準地打在姊姊的臉上。

假如被問到自己能否僅憑一支鏟子，挖出一條接通山脈兩側的隧道，正常人都肯定會回答辦不到。

但這當真是無法顛覆的真理嗎？

或許有人真能用鏟子挖通一條隧道。

其中最有力的證據，就是這世上存在著已經開通的隧道。

那麼，看我再補上一擊！

當我抬起拳頭的瞬間，姊姊渾身無力地垂下雙手——

砰。

就這麼應聲趴倒在地。

「唉～我居然輸了～」

姊姊彷彿擺脫心中的枷鎖般，露出一個清爽的表情。

「從今以後，就由妳來帶領女子學院囉。」

「我可沒打算只滿足於校內最強這個稱號喔。」

我馬上開口反駁。

儘管這所學校對我而言是個很重要的地方，不過有朝一日我還是會畢業離開這裡。

若是沒能在此處鍛鍊出適用於外界的實力，那就一點意義都沒有了。

「也對，妳就按照自己的想法去做。等我畢業之後，也會順從自身心願活下去的。」

身為妹妹的我直到此時此刻才終於明白，姊姊至今都被名為學生會長的職位，身為校內最強的身分給束縛著。

幾十年來一直擔任女子學院的學生代表，想想是多麼孤獨又寂寞的一場戰鬥，如果沒有鋼鐵般的意志是絕無可能達成。

但這同樣是頗詭異的假象。即便龍族擁有漫長的壽命，不過幾十年來一直是稱霸學校的學生會長，想想這種事也相當奇妙。

因此我最後被賦予的責任就是摧毀上述假象。

我單膝跪在姊姊的身旁，輕輕握住她的手。

「這真是一場精采的對決，姊姊。」

與此同時，耳邊傳來如地鳴般的聲響。

因我們被打飛至牆壁產生的碎裂與凹洞，只見禮堂內應聲出現一道巨大的裂痕，導致整棟建築物開始崩塌。

現場尖叫聲四起，不過聽起來又沒那麼緊張。區區建築物倒塌這點程度，就只會對龍族造成些許皮肉傷罷了。

「唉~居然這樣就坍塌了，該不會當初興建時有偷工減料吧？」

姊姊一臉傻眼地仰望著天花板。

其中一處的天花板忽然脫落，掉到地面摔得粉碎。

只見一道耀眼的陽光從破洞處射入室內。

「太好了，連太陽都在祝福萊卡妳喔。」

「若能聽見姊姊妳的祝福，我會更開心的。」

我將心底話說了出來。

姊姊突然拉住我的手起身。

在我倒向姊姊的瞬間，姊姊輕輕地在我臉上一吻。

「希望我妹妹未來的生活能永遠幸福安康。」

我聽完後，眼角不禁泛出淚來。

「是，我會很有精神地好好生活的，姊姊。」

◇

春天，此乃萬象更新的季節。

我以學生會書記之姿站在新生們面前。

雖然現任學生會長主動將職位禪讓給我，但我最終婉拒了這項提議。即便我僥倖戰勝姊姊，卻尚未具備足以號稱校內最強的實力，縱使我真是校內最強，也未必非得讓最強的學生來擔任學生會長不可，而且過度的人事異動只會添亂。書記這職務對我而言剛剛好，外加上副書記莉庫裘緣學姊也答應會好好輔佐我。

能看見有些新生臉上的表情相當緊張，那模樣不禁令我聯想起從前的自己。

希望她們日後在遭遇各種煩惱的同時，仍能努力迎向挑戰並不斷克服難關。就算經常面臨挫敗也沒關係，但請記得要以更多的成功為目標。即使面臨更多挑戰，我相信除了失敗以外，成功的次數也會跟著增加。

姊姊於三天前只留下一句「我想去旅行」，然後就這麼飛上天去不見蹤影。或許目前她正翱翔於遠處的高空之中，或是走在某處的市集裡悠哉逛街。

幸好入學典禮這天的天氣很好，看起來並沒有任何不祥的預兆。原因是倒塌的禮堂……準確說來是被我們摧毀的禮堂還在興建中，所以入學典禮只能改辦在戶外，若是下雨會衍伸出許多麻煩。

不過當真出狀況的話，到時再來思考對策就好。

我決定稍稍向姊姊學習，讓自己的心態變得樂觀點。

既然不安會令我變弱，我就設法屏棄不安讓自己變強。

「接下來有請書記萊卡學妹上臺致詞，請大家專心聆聽。」學生會長茜光聖蒂學姊在致詞結束的時候補上這句話。對耶，差點忘了還有這件事。

我緩緩地走上演講臺。

「各位同學，歡迎妳們來到紅龍女子學院！」

完

後記

各位讀者好久不見！我是森田季節！

終於推出至第十三集了，就此迎向令人一頭霧水的集數。

我有想出各種集數必須達到一定程度時才適合撰寫的劇情，真要說來是已經做好準備了，希望各位今後也能繼續支持本作！

那麼，這次同樣按照順序向大家報告幾項消息。

下一張劇情CD將於十月（※此指日本時間）發行！

此次一樣會在第十四集的精裝版裡附贈劇情CD（當然也會同步推出第十四集平裝版），若是不嫌棄的話，歡迎大家踴躍預購！

在這張劇情CD裡，魔王佩克菈將首度為大家獻聲！

至於請來的配音員——居然是鼎鼎大名的田村ゆかり小姐！

面對如此光榮的事情，我感動到無法以言語來表達，就請大家一起來親耳欣賞由田村ゆかり小姐所飾演的佩克菈吧！

由シバユウスケ老師繪製的漫畫版第七集將於九月上市！

至於第七集的內容應該是以庫庫的成長為主，希望到時也能將芙拉托緹帥氣的一面呈現在大家面前！

另外村上メイシ老師繪製的外傳漫畫《當了1500年的公務員，被魔王提拔為大臣（暫譯）》也預計同時推出第三集！真的非常感謝村上老師將外傳「公務員篇」所有的章節全都漫畫化！

而且村上メイシ老師還在裡頭增加了漫畫版的原創角色。

該角色就是尋找溫泉的神祕少女・悠悠。

由於這是原作者我以前提出的請求，因此我忍不住擺出勝利姿勢大聲歡呼。雖然漫畫版與動畫版的劇情基本上會以原著為主，但若是能看見從中衍伸出來的全新內容，當真能稱得上是原作者的福氣！

因為我是個機械白痴，用下述內容來比喻或許不太恰當——這感覺就類似於我寫出一套軟體，然後全世界的人都在使用這套軟體。

話說上述兩本漫畫剛好都預計讓佩克菈登上封面，就請大家拭目以待！

另外要是順利的話，將於本月（七月）月底推出全新的外傳漫畫！

這部漫畫就是本書有收錄兩話的外傳故事「紅龍女子學院」！是由羊箱老師負責繪製！

內容將會以學生時代的萊卡為主，還會出現許多模樣可愛的角色們，在此懇請各位多多支持！

此漫畫將與原著外傳一樣連載於GANGAN ONLINE上，請大家務必連上官網翻閱看看。

至於動畫版方面，自然也在緊鑼密鼓地籌備中。

儘管目前我不方便公布太多消息，但之後應該會透過twitter通知大家，若是各位願意前往《持續狩獵史萊姆三百年》的官方帳號（@slime300_PR）確認相關消息，將是我的一大榮幸！

能宣布的消息至此結束，接下來就是符合後記的內容。

第十三集又有新角色登場，真是太感謝紅緒老師了！其中一名還不能歸類在美少女角色的範疇裡，或許會令老師不知所措也說不定……（笑）

由於本作登場的角色相當多，甚至連作者我都不確定總共有多少人，但今後我仍會慢慢擴展本作的世界觀。

話說我日前在網路上看見粉絲繪製的插畫，主角是於漫畫中已有一段時間沒有登場，在原著裡是滿早之前出場過的角色。

此角色便是諾索妮雅。

居然還有人會注意到這樣的冷門角色，我真的是非常高興！

我相信今後的劇情同樣會以亞梓莎和萊卡等高原之家的家人們為主，不過我也想多寫點會讓人喜歡上四散於魔族領地、死者王國等其他土地之角色們的劇情。

第十三集裡有一段故事與哈爾卡拉創立的博物館有關。雖然當真非常緩慢，不過高原之家既有成員的生活也有新增追加要素。

一旦高原之家一家人的生活出現巨變，感覺這部作品就會徹底變調，因此我不打算更動根基的部分，不過還是想增添與這家人有關的劇情與追加要素，而這方面預計會慢慢地逐漸擴張！

因為本作準備動畫化，所以參與製作的人數也暴增許多，我在此對所有和本作相關的工作人員獻上最真誠的謝意。

至於一路支持本作到現在的每位讀者，我也由衷向大家表達感謝！那就在接下來的第十四集再見囉

森田季節

浮文字

持續狩獵史萊姆三百年，不知不覺練到ＬＶＭＡＸ(13)

（原名：スライム倒して３００年、知らないうちにレベルＭＡＸになってました13）

作者／森田季節　封面插畫／紅緒　譯者／陳冠安
執行長／陳君平　榮譽發行人／黃鎮隆
協理／洪琇菁　國際版權／黃令歡、梁名儀
執行編輯／呂尚燁　美術主編／陳聖義
宣傳／楊國治
出版／城邦文化事業股份有限公司　尖端出版
台北市中山區民生東路二段一四一號十樓
電話：（〇二）二五〇〇七六〇〇　傳真：（〇二）二五〇〇二六八三
E-mail：7novels@mail2.spp.com.tw
發行／英屬蓋曼群島商家庭傳媒股份有限公司城邦分公司　尖端出版
台北市中山區民生東路二段一四一號十樓
電話：（〇二）二五〇〇—七六〇〇（代表號）
傳真：（〇二）二五〇〇—一九七九
中部以北經銷／楨彥有限公司
電話：（〇二）八九一九—三三六九
傳真：（〇二）八九一四—五五二四
雲嘉經銷／智豐圖書股份有限公司　嘉義公司
電話：（〇五）二三三—三八五二
傳真：（〇五）二三三—三八六三
南部經銷／智豐圖書股份有限公司　高雄公司
電話：（〇七）三七三—〇〇七九
傳真：（〇七）三七三—〇〇八七
一代匯集／香港九龍旺角塘尾道六十四號龍駒企業大廈十樓Ｂ＆Ｄ室
電話：（八五二）二七八三—八一〇二
傳真：（八五二）二七八二—一五二九
馬新經銷／城邦（馬新）出版集團　Cite(M)Sdn.Bhd.
E-mail：Cite@cite.com.my
法律顧問／王子文律師　元禾法律事務所
台北市羅斯福路三段三十七號十五樓
二〇二三年二月一版一刷

■中文版■

郵購注意事項：
1. 填妥劃撥單資料：帳號：50003021戶名：英屬蓋曼群島商家庭傳媒（股）公司城邦分公司。2. 通信欄內註明訂購書名與冊數。3. 劃撥金額低於500元，請加附掛號郵資50元。如劃撥日起 10～14日，仍未收到書時，請洽劃撥組。劃撥專線TEL：(03) 312-4212 ・ FAX：(03) 322-4621。E-mail：marketing@spp.com.tw

國家圖書館出版品預行編目資料

持續狩獵史萊姆三百年，不知不覺就練到LV MAX(13) /
森田季節著 ； 陳冠安 譯.--1版.
--臺北市：尖端出版, 2023.02 面 ; 公分.--(浮文字)
譯自:スライム倒して300年、
知らないうちにレベルMAXになってました13
ISBN 978-626-356-039-0(第13冊：平裝)

861.57　　111020062